Rudolf Golm

Die Logik der Gesellschaft

Schauspiel in fünf Aufzügen

Rudolf Golm

Die Logik der Gesellschaft
Schauspiel in fünf Aufzügen

ISBN/EAN: 9783743353466

Hergestellt in Europa, USA, Kanada, Australien, Japan

Cover: Foto ©Andreas Hilbeck / pixelio.de

Manufactured and distributed by brebook publishing software (www.brebook.com)

Rudolf Golm

Die Logik der Gesellschaft

Die Logik der Gesellschaft.

Schauspiel in fünf Aufzügen

von

Rudolf Golm.

Berlin W., 1890.
Hugo Steinitz, Verlag.

Personen:

Graf Streewitz, Minister.
Dr. Ernst Geran, im Ministerium.
Irene, dessen Schwester.
Herbeck, Professor an der Universität.
Hilda, dessen Tochter.
Dr. Roeder, Rechtsanwalt.
Sophie, dessen Gattin.
Lilli Vernon, Schauspielerin.
Baronin Hanau.
Hardy.
Director Salingen.
Franz, dessen Sohn.
v. Bötzow.
Herren und Damen aus der Gesellschaft.
Diener.

Zeit: Die Gegenwart.

Erster Aufzug.

Elegant und geschmackvoll eingerichteter Raum im Hause Gerans.

1. Scene.

Ernst (eine Zeitung lesend); Irene (mit einer Stickerei beschäftigt).

Irene.

Du liest heute aber besonders eifrig, scheinst ganz vertieft in Deine Zeitung; steht denn so wichtiges darin?

Ernst.

Hochbedeutendes. Wir leben in einer großen Zeit. Kaum daß ein gewaltiges Ereignis vorbei, erfüllt ein neues die Welt mit Unruhe, und ich fürchte, diese fortwährenden Erschütterungen werden allmählich den ganzen Staatsorganismus zerstören.

Irene.

Also wieder leidige Politik ist es, die Dich so sehr beschäftigt? — Wie man sich da für nur so sehr interessiren kann!

Ernst.

Ha, ha, ich weiß, für Dich besteht, wie für die meisten Frauen, der lesbare Teil einer Zeitung nur in den Theater- und Localnachrichten.

Irene.

Du beginnst wieder über unser Geschlecht zu spotten.

Ernst.

O nein! Ich habe diese Eigenschaft des Weibes, den ganzen Ernst des Lebens nicht erfassen zu wollen, stets als Vorzug geachtet. Ein wahrhaft reines Gemüt wird durch einen zu tiefen Blick in das Weltgetriebe verdorben, und darum möge sich die Frau, die Güte, die beim Eintritt in die Welt jedem Menschen innewohnt, bewahren, dadurch, daß sie nur das Schöne und Heitere auf sich einwirken läßt.

Irene.

Da würde aber unsere Vernunft sehr darunter leiden.

Ernst.

Für das Geringe, Naheliegende wird sie auch dann ausreichen, und wenn es wirklich große Dinge gilt, dann sage sie sich: der Hauptbestandteil der Vernunft einer Frau besteht meistens in der Vernunft ihres Leiters, Führers, sei er nun Vater, Gatte, Bruder oder Sohn.

Irene.

Ha, ha, Deine Theorien sind zu köstlich!

Ernst.

Nun verlachst Du mich!

Irene.

Mich amüsieren Deine Paradoxe.

Ernst.

Paradoxe! Man hat heute für viele bedeutende Wahrheiten leider nur diesen Namen. — Doch mit Dir will ich mich über dieses Thema nicht ereifern. Belustigen Dich meine Reden, nun so ist mir diese Wirkung bei Dir durchaus nicht unangenehm. Ich lache gern mit und freue mich, daß Du selbst ernsten Dingen eine heitere Seite abzugewinnen vermagst. — Wenn ich vom Amte heimkomme, den Kopf erfüllt von schweren Sorgen, wie gern ruhe ich dann meinen gequälten Geist in Deinem angenehmen Geplauder aus. — Ja, daß ich es Dir gestehe, ich bin glücklich, seitdem Du hier im Hause bist.

Irene.

Und doch sieh, lieber Bruder, so lange die Tante lebte und ich bei ihr wohnte, hast Du nie Versuche gemacht, mich hierher zu ziehen.

Ernst.

Nicht ohne Grund. Nach dem Tode unserer Eltern war sie die einzige Verwandte, die uns blieb. Ich kannte sie als gute Frau und konnte Dich ihr furchtlos anvertrauen. Als sie jedoch starb, und mir nur die Wahl gelassen war, Dich entweder fremden Leuten zu übergeben oder mit dem Vorurteil zu brechen, daß für ein junges Mädchen im Hause des ledigen Bruders kein Raum sei, wählte ich dieses und bat Dich, Dein Heim bei mir aufzuschlagen. Und so hieß Dich also nicht meine Lieblosigkeit früher bei der Tante bleiben, sondern meine Scheu vor einer gewissen Gesellschaftslogik, die ebenso abscheulich wie unrichtig, ebenso verachtungswert, wie furchterregend ist.

Irene.

Du hast es mir schon oft erklärt und doch — es bedarf gar keiner Entschuldigung, denn wenn ich aufrichtig sein soll, muß ich Dir bekennen, ich hätte die Tante nicht gern verlassen. Sie war eine so seelengute Frau — und liebte mich mit der Zärtlichkeit einer Mutter. Meinethalben fanden bei ihr große Feste statt, meinethalben gab sie ihre frühere Einfachheit völlig auf und bezog ein glänzendes Haus mit allem Luxus und Reichtum ausgestattet. Ja selbst über ihren Tod hinaus reichte ihre Fürsorge für mich, ihr ganzes Vermögen hat sie mir doch hinterlassen. O die Thränen treten mir ins Auge, wenn ich ihrer gedenke.

Ernst.

So oft ich auch schon mit Dir davon gesprochen, soviel ich darüber nachgedacht, ich kann die so ganz plötzliche Aenderung ihrer Lebensweise nicht begreifen. Woher kam er mit einem Male dieser Reichtum? Ihr Mann hatte doch wenig hinterlassen und —

Irene.

Du weißt doch sehr wohl, daß zwei ihrer Loose mit Haupttreffern gezogen wurden?

Ernst.

Ja —, doch sprach sie immer so geheimnisvoll von ihrem Glück, daß ich nie recht an die Wahrheit ihrer Worte glauben konnte.

Irene.

Du thust ihr Unrecht wenn Du zweifelst.

Ernst.

Wir sind ihr zu Dank verpflichtet, ja, doch ist das schon Grund genug, um sich über jemanden nicht offenherzig äußern zu dürfen? — Im übrigen ist es ja auch nichts schlechtes, was ich von ihr denke, denn die ehrliche

Provenienz des Geldes zweifle ich ja keineswegs an, steht sie doch nach allen eingeholten Erkundigungen fest.

Irene.

Auch hast Du mir ja selbst erzählt, was Dein hoher Chef gelegentlich der Erbschaft zu Dir sagte: Es sei alles dabei in bester Ordnung, er wisse es zufällig, und von Leuten, die mit allen Umständen völlig vertraut seien.

Ernst.

Ja, ja, doch — — — Und überdies — mich freut dieser ererbte Reichtum gar nicht, denn ich sehe nur zu klar, er gereicht nicht zu unserem Heile. — Hat er mich bisher glücklich gemacht? Nein, niemals. Unser großes Leben ist mir keineswegs erwünscht, die Gesellschaften, die wir geben, sind mir in hohem Grade lästig. Dir jedoch gefallen sie und da wir jetzt — fast möchte ich sagen, leider — Geld genug hierzu besitzen, halte ich mich für verpflichtet, Dein Verlangen darnach zu erfüllen. Allein ein einfaches Haus, wo wir bescheiden lebten, nur die bei uns sähen, die uns angenehm sind, nicht durch allerlei Etiquettegesetze gezwungen wären, Leuten zu schmeicheln, die wir kaum achten, viel weniger lieben können, ein solches Heim, liebe Schwester, würde mich weit zufriedener machen.

Irene.

Du kränkst mich, Ernst!

Ernst.

Verzeihe mir, ich that Unrecht. Ist nicht schließlich Dein Glück das meinige. Wenn Du zufrieden bist und Dich wohl fühlst, was kann ich mehr wünschen? Liebe ich Dich doch wie man eine Schwester nur lieben kann: Ich verehre Dich als vollendete Schönheit, achte Dich als verkörperte Tugend.

2. Scene.

Die Vorigen, später Hilda.

Diener (tritt ein). Fräulein Herbeck (ab). (Hilda tritt ein).

Irene.

Willkommen!

Ernst.

Welch' freudige Ueberraschung! Wie danke ich Ihnen!

Hilda.

Wenn Ihnen mein Besuch, wie ich ja auch hoffe, wirklich Freude macht, so muß ich doch Ihren Dank auf jeden Fall ablehnen, denn es ist diesmal nicht allein mein Wunsch, sondern vielmehr der Zufall, der mich hierher führt. Ich ging mit meinem Vater spazieren, als er sich plötzlich erinnerte, daß er einen unaufschiebbaren Gang habe. Wohin sollte ich unterdessen? Da wir gerade in der Nähe Ihres Hauses waren, schlug ich meinem Vater vor, er möge mich während dieser Zeit Irene besuchen lassen. Anfangs —

Irene.

Nun, Dein Vater war doch nicht dagegen?

Hilda.

Ja aber nur weil . . . . Jedoch gleichviel, jetzt bin ich hier und freue mich bei Dir zu sein.

Ernst.

Sie haben beim ersten Satz plötzlich abgebrochen, ich will ihn vollenden: weil Ihr Vater mich zu Hause wußte. Ist es nicht so?

Hilda.

O! . . . . . . Doch dann gab er mir nach, ja er versprach sogar, mich selbst abzuholen.

Irene.

Das ist ja herrlich! — Und jetzt lege ab, liebe Hilda und setze Dich gemütlich mit uns zum Kamin, und laß uns plaudern. (Hilda legt ab.)

Ernst.

Gestatten Sie, daß ich Ihnen helfe? (Er hilft ihr.)

Hilda.

O . . . danke.

Ernst.

Wie eisig Ihre Hände sind.

Hilda.

Kein Wunder; zehn Grad Kälte. Mich friert noch jetzt.

Irene.

Armes Kind! — Ich will Dir einen Thee bereiten lassen; willst Du?

Hilda.

Meinethalben?!

Irene.

Nun aufrichtig?

Hilda.

Aufrichtig? — Ich werde Dir dafür dankbar sein.

Irene.

Dann verzeihe einen Augenblick! — (Irene ab.)

3. Scene.

Hilda, Ernst. (Kurze Pause.)

Ernst.

Also weil Sie mich hier treffen konnten, wollte Ihr Vater nicht, daß Sie Irene besuchten.

Hilda.

Es verstimmt Sie? Verzeihen Sie, daß ich's gesagt. Aber ich kann Niemanden belügen, selbst nicht einmal dadurch, daß ich etwas verschweige.

Ernst (bei Seite).

Herrliches Wesen.

Hilda.

Und gar Ihnen gegenüber — ich weiß nicht, da drängt sich mir das Herz unwillkürlich an die Lippen.

Ernst.

So bin ich Ihnen also mehr, als viele andere?

(Hilda schweigt.)

Ernst.

O wenn dem so wäre, welch glückliches Bewußtsein für mich. Sie haben ja keine Ahnung, wieviel Sie mir sind. Sie wissen ja nicht, was ich für Sie empfinde — seit dem ersten Tage unserer Bekanntschaft. Möglich, daß ich eine Charakterlosigkeit begehe, indem ich meinen Gefühlen Worte verleihe, indem ich nicht Kraft genug besitze, den heißen Strom zurückzudrängen, möglich aber — Und doch! jetzt?! Hier! —

Hilda (nach kurzer Pause.)

Sie halten inne, o sprechen Sie weiter, Sie dürfen. — Erinnern wir uns doch ein wenig an unsere erste Begegnung. Es war ......

Ernst.

Es war einige Tage nachdem ich mein Doktorexamen bestanden hatte. Ich machte Ihrem Vater, meinem hochgeschätzten und vielgeliebten Professor, einen Besuch, um ihm für alle Güte und Belehrung, die er mir während meiner Studienzeit zugewendet hatte, zu danken. Er empfing mich mit herzlichster Freundlichkeit und lud mich, als ich mich nach üblich kurzer Frist verabschieden wollte, für den Abend zu sich ein. Ueberglücklich verließ ich das Haus, freudig in der Erwartung des Abends, wo ich köstliche Stunden genießen sollte, in zwanglosem Gespräche mit dem bedeutenden Manne. Der Abend kommt, ich trete in das Studierzimmer des Professor, welch ein Bild bietet sich meinem entzückten Auge! Ich sehe die geistvollen und schönen Züge des verehrten Kopfes in weiblicher Form verklärt neben ihm. — Er stellt mir seine Tochter vor. Sie ist fast noch ein Kind, doch wie schön ist dieses Kind, so schön, daß ich in ihren Anblick versunken mich nur ungeschickt verbeuge und kaum die üblichen Begrüßungsformeln zu finden vermag. — (Pause). Wir setzen uns zu Tisch. In heiter-lieblichem Gespräche entwickelt sie den ganzen Reiz der kindlich-holden kaum entspross'nen Weiblichkeit.

Hilda.

Ernst!

Ernst.

Und als sich die Herrliche dann zurückgezogen, da erschienen mir alle Reden des Professor, die gewiß von Weisheit erfüllt waren — ich weiß nicht wie — banal, ja nichtig! Von einem hellern Glanz war mir sein Geisteslicht verdunkelt und nur mit halbem Ohre hörte ich ihm zu. — Die Nacht nach diesem Abend habe ich nicht geschlafen; und fortan hatte ich ein Ideal, ein wahres Ideal, denn ich schmeichelte mir nicht mit der Hoffnung, es je erreichen zu können.

Hilda.

Auch ich habe bis heute jenen Abend nicht vergessen und während der vier Jahre, die ich nachher fern von hier in der Pension verbrachte, habe ich oft und viel an Sie gedacht.

Ernst.

Während der Zeit Ihres Fernseins habe ich namenlos gelitten. Alles erschien mir grau und traurig, nichts schuf mir Freude. — Doch als Sie dann zurückkehrten, Hilda —! (Er ergreift ihre Hand, Hilda lächelt selig; Irene tritt ein).

4. Scene.

Irene; die Vorigen.

Irene.

Sofort wird der Thee erscheinen, nur noch kurze Augenblicke mußt Du frieren, liebe Hilda.

Hilda (nicht ohne eigenthümliche Betonung).

Mir ist jetzt nicht mehr kalt. (Kurze Pause, Diener bringt den Thee.)

Ernst (aufathmend).

Nun endlich!

Irene (Thee eingießend).

Nimmst Du etwas Rum.

Hilda.

Ich danke Dir, ich trinke den Thee stets rein.

Irene.

Willst Du auch eine Tasse, Ernst?

Ernst.

Nein, danke.

Hilda.

Und Du selbst?

Irene.

Ich werde so frei sein. (Diener bringt einen Brief.)

Ernst.

Sie entschuldigen! (Er erbricht den Brief.) Von Doktor Roeder; er lädt uns zu einer großen Soiree ein. — Willst Du gehen Irene?

Irene.

Wenn Du mich begleitest gerne; meine Gesellschaftsdame trifft von ihrem Urlaub nicht vor vierzehn Tagen ein.

Hilda.

Auch wir sind geladen, mein Vater hat bereits zugesagt.

Ernst.

Ah! Dann nehmen wir selbstverständlich auch an.

Hilda.

Ich wußte garnicht, daß auch Sie bei Doktor Roeder verkehren; mein Vater erzählte nie, Sie dort getroffen zu haben.

Irene.

Wir kommen auch seit jüngster Zeit erst wieder mit ihm zusammen.

Hilda.

Wieder?

Ernst.

Jawohl; die Geschichte unseres Verkehrs ist sehr merkwürdig, sie hängt innig mit unseren Lebensgeschichten zusammen.

Hilda.

Erzählen Sie, bitte!

Ernst.

Sehr gern. Dieser Doktor Roeder, obzwar nicht um vieles älter als ich, war einst mein Lehrer.

Hilda.

Wie! war dieser reiche Mann denn je in so schlechten Verhältnissen, daß er gezwungen war, Lektionen zu ertheilen?

Irene.

Sein Reichtum ist erst jüngeren Datums, höre nur!

Ernst.

Er verkehrte auch später, als ich seiner als Lehrer nicht mehr bedurfte, häufig in unserem Hause, denn wir schätzten seinen Geist. Da man auch allseitig seine gründlichen Kenntnisse anerkannte, so verdiente er sich durch seinen

Unterricht ziemlich viel, und konnte, nachdem er alle Vorstufen absolvirt hatte, sich als Rechtsanwalt etablieren. Die Kanzlei florierte jedoch nicht und er sah sich bald genötigt, nebenbei wieder seinen traurigen Erwerb von früher zu betreiben. Das Geschick wollte, daß er an ein außerordentlich reiches Haus empfohlen wurde, um einem jungen Mädchen Litteraturstunden zu geben. Damit nahmen seine Verhältnisse eine plötzliche Wendung. Das Mädchen verliebte sich in ihn und da die Eltern zu schwach waren, dem leidenschaftlichen Temperamente ihrer Tochter kräftigen Widerstand zu leisten, so — (Bei den letzten Worten ist Professor Herbeck unbemerkt von allen eingetreten und kommt, nachdem er die Gruppe eine zeitlang wohlgefällig betrachtet hat, vor).

5. Scene.

Herbeck; die Vorigen.

Herbeck.

So erhielt Doktor Roeder sie zur Frau. — Guten Tag meine Lieben.

Ernst.

Seien Sie gegrüßt, theurer Herr Professor!

Irene.

Ist es schön zu lauschen, Herr Professor?

Herbeck.

Nicht des Horchens willen, Fräulein, verhielt ich mich still. — Sie saßen so traulich bei einander, daß mich die Anmut des Bildes wahrhaft erfreute; ich wollte es nicht zerstören, bevor ich es einige Augenblicke betrachtet. Deshalb machte ich mich erst jetzt bemerkbar. Das ist der Grund, nicht um zu lauschen.

Irene.

So wollen wir Ihnen denn gnädig verzeihen.

Herbeck.

Seht mir den Schalk! — Und nun lassen Sie sich durch meine Anwesenheit nicht stören und setzen Sie die Unterhaltung über Doktor Roeder fort.

Hilda.

Ich finde es gar nicht schön von ihm, daß er völlig vermögenlos ein so reiches Mädchen geheirathet. Wenn ich ein Mann wäre, meine Frau müßte vor ihrer Ehe ganz arm gewesen sein und alles was sie wäre, sollte sie mir verdanken.

Ernst.

Sie fühlen edel!

Herbeck.

Ei Ernst Sie loben zu früh. Was sind gute Vorsätze?! Sie bedingen höchstens eine reine Stelle im Herzen, doch nicht einmal völlige Fleckenlosigkeit genügt zur festgegründeten Tugend. Diese kann ohne Herzensstärke niemals bestehen. Verdamme andere nicht vorschnell, liebe Hilda, indem Du Dir selbst mehr zutraust. Ein Charakter geht klar erkenntlich erst aus Konflikten hervor und es giebt daher sehr viele Menschen, die den ihrigen nicht kennen. Glauben Sie mir, Jeder sollte, bevor er ein Urteil über das Handeln eines Menschen fällt, versuchen, sich geistig in dessen Lage bei der That zu versetzen und gar oft würde nach solcher eingehenden Selbstprüfung das Urteil über andere anders und richtiger sein. Gar mancher, den man für schlecht hält, ist bloß unglücklich, denn die Versuchung vermag auch beim Besten stärkere Verwandelungen hervorzurufen, als die heutige Moralisterei eingestehen will.

Irene.

Ja, wirklich. Ich habe z. B. schon oft beobachtet, wie ungeheuer stark der Reiz ist, den Gold auszuüben vermag. Wenn man in Entbehrung aufgewachsen, dies sieht — und das — und es wünscht mit inniger Begierde und sichs doch nicht bieten kann — wegen seiner Armut, und dann plötzlich sich eine Goldmine aufthut, mächtig glänzend —! Der Schatz ist zu heben, wenn man seinen blendenden Strahlen auszuweichen versteht; — da drückt man dann ein Auge zu, um beide Hände öffnen zu können.

Ernst.

Irene, ich staune, welche Sprache! Schon öfters fiel mirs auf, seit Du von der Tante zurück.

Irene (verlegen).

Wieso? — Doch Du hast Recht; — ein tolles Gleichnis. — Richtig! Du bist ja Hilda noch einen Teil der Erzählung schuldig.

Hilda.

Ja, Irene hat Recht. Sie haben von Ihrem Verkehr mit Doktor Roeder noch nichts mitgeteilt.

Ernst.

O bitte. Es ist zwar nicht viel, doch immerhin nicht uninteressant. — Kurz vor der Hochzeit kam er zu mir, erging sich in langen Freundschaftsbetheuerungen, die darauf hinausliefen, daß — er mich nicht einladen könne. Als er verheiratet war, stürzte er sich in das große Leben, das ihm das Geld und die Stellung seiner Frau eröffnet hatte und mied seine früheren Freunde. Ich sah ihn nur selten und auch da sprachen wir stets wenig. Einmal sagte er mir, die Liebe zu seiner Frau habe ihn für die ganze übrige Welt blind gemacht. Er war damals auch wirklich verliebt, gab sogar sein Geschäft ganz auf und lebte nur ihr. Später, als ich im Amt so rasch — Sie wissen ja wie merkwürdig rasch — emporgestiegen, näherte er sich mir wieder und lud mich sogar ein. Ich lehnte ab. Doch; seit ich jüngst im Sommer die Erbschaft gemacht, ist er wieder ganz der alte Freund, und bestürmt mich, ihn ja häufig zu besuchen. Jetzt verkehren wir wieder.

Herbeck.

Sonderbar, daß Sie trotz alle dem —

Ernst.

Mit Thränen in den Augen hat er mir Erklärungen abgegeben, die mir bewiesen, daß er immer mein Freund geblieben. Nebst vielen anderem, das hinderte, konnte er mich früher, wie er sagte, auch deshalb nicht in sein Haus aufnehmen, weil seine Frau den Gedanken nicht ertrug, einen Mann bei sich zu sehen, dessen Hauslehrer ihr Gatte war. Kurzum ihr Stolz siegte über seine Schwäche.

Herbeck.

Er besaß immer mehr Geist als Charakter. Vielleicht

auch waren Sie früher seiner Frau zu gering für ihren Salon. Sie ist sehr hochmütig. Uebrigens — nächstens ist ja große Soiree dort. Hilda und ich sind eingeladen; Sie doch auch.

Ernst.

Jawohl. Auch hörte ich bereits daß Sie angenommen haben. — Fräulein Hilda darf ich Sie um den ersten Tanz bitten?

Hilda.

Ich gebe ihn Ihnen sehr gern.

Ernst.

Ich danke Ihnen, Fräulein.

Herbeck.

Apropos! auch Minister Streewitz hat Doktor Roeder zugesagt.

Ernst.

Ah!

Irene (bei Seite.)

Streewitz!

Hilda.

Vater, ich glaube Du wolltest ja ein wenig mit Herrn Ernst allein sprechen.

Irene.

O dann komm', ziehen wir uns zurück; ich habe Dir ohnehin manches zu zeigen.

Herbeck.

Ich will Sie nicht verscheuchen.

Irene.

O bitte!

Hilda.

Auf Wiedersehen Herr Ernst!

Ernst (leise, doch mit Betonung zu Hilda).

Auf glückliches! (Irene mit Hilda ab.)

6. Scene.

Herbeck. Ernst.

Herbeck.

Nun, junger Freund, wie steht es mit Ihrer Thätigkeit? Sind Sie viel beschäftigt?

Ernst.

Sehr viel, vielleicht nur zuviel.

Herbeck.

Zu viel? Wenn Sie dieses Wort aussprechen, da muß Ihre Anstrengung schon jedes Maß übersteigen.

Ernst.

Ich habe unglaublich rasch Carriere gemacht, aber wie bei vielem im Leben bestätigt sich auch dabei der physikalische Satz: Was man an Zeit gewinnt, verliert man an Kraft.

Herbeck.

Sie reiben sich auf?

Ernst.

Jawohl. Man verzichtet ja gerne auf jegliches Vergnügen und arbeitet nahezu unausgesetzt des Tages bis in die Nacht hinein, allein die ganze Nacht durch —

Herbeck.

Wie?!

Ernst.

Ja, ja, es kommt mehrmals in der Woche vor. Minister Streewitz geht in seiner Gunstbezeigung so weit, daß er mir die geheimsten Arbeiten übergiebt und mir für die Nacht seine Wohnung zur Verfügung stellt, damit ich ja alles Nötige zur Hand habe. Ja, häufig, wo ich auch zu Hause alles besorgen könnte, besteht er darauf, daß ich es bei ihm thue. Allerdings bin ich dort ja ganz ungestört, denn er selbst bewohnt einen anderen Flügel, doch fühlt man sich im eigenen Hause ja immer wohler. Als ich aber letzthin dies Thema berührte, da ward er wahrhaft zornig und fragte, ob es mir denn bei ihm an irgend etwas fehle, er trage doch Sorge, daß alles zu meinem Wohle bestellt sei, ein exquisites Souper nicht ausgenommen. — Ich entschuldigte mich natürlich, doch begreife ich, offen gestanden, sein Begehren nicht.

Herbeck.

Sonderbar! Ja unerklärlich. Ah, es muß ein Grund hierzu vorhanden sein, wenn er uns auch bis jetzt verborgen ist. — Wenn ein Mensch wegen geringfügiger Ursache, ja nahezu ganz ohne Anlaß in Wut gerät, so haben wir gewiß, ohne es zu wissen, auf eine wunde oder faule Stelle gedrückt. — Ueberhaupt ist es mir unbegreiflich, weshalb Streewitz Sie so bevorzugt; kennt er denn Ihre Gesinnungen nicht?

Ernst.

Er weiß, daß ich seinen klerikalen und reaktionären Bestrebungen feindlich gegenüberstehe, ja ich legte ihm unlängst mein ganzes liberales Glaubensbekenntniß ab. Als ich jedoch geendet, klopfte er mir auf die Schulter und versprach mir eine baldige neuerliche Beförderung. Er wolle beweisen, sagte er, daß er Tüchtigkeit zu schätzen wisse, wo er sie finde.

Herbeck.

Nun, dann danken Sie Gott für Ihr gutes Geschick. — Nur erhoffen Sie nicht zu viel von ihrem Protektor, denn sein Ministerium steht nicht auf sonderlich festen Füßen. Der Antrag einer confessionellen Schule wird nicht durchdringen und mit diesem wird auch das Ministerium fallen. Man kann eher mit Nutzen das natürliche Wachstum fördern, den Fortschritt beschleunigen, als das Umgekehrte. Der Geistesstrom, der der Quelle der Erkenntnis entspringt und mündet — in das unendliche Meer der Wahrheit, reißt früher oder später alles fort, was sich ihm entgegen stellen will. Wenn die Geistlichkeit dagegen zetert: in der Aufklärung liege der Tod des Menschenglückes; durch die Bildung gelange das Volk nur dazu, sein Elend zu erkennen, werde aber nicht weise genug, seine Güter zu würdigen; so sage ich, das ist nicht wahr. In diesen Ausführungen liegt keine zwingende Logik, erlauchte Klostergemeinde! Nein und tausendmal nein! — Wenn Bildung den Volksgeist befruchtet, so erstehen der Pöbelmasse neugeboren — Menschen, wahre Menschen. Jedes Neugeborene hat naturgemäß seine Kinderkrankheiten zu überstehen, und jenes Stadium, das die hehren Geistlichen als Argument ihrer Behauptung aufstellen, ist nichts, als eben eine jener vorübergehenden Kinderkrankheiten. Niemand dürfte bestimmen, das Kind zu tödten, damit es den Jugendkrankheiten entgehe, und doch fordert der Clericalismus, daß man den Geist ersticke, um die Uebel des Halbwissens zu verhüten. — O des edlen Egoismus! — Allüberall!! Denn die Reaktion, was ist sie Anderes?! — Sie ist der Egoismus der sozial und materiell Bevorrechteten. — Sehen Sie, das hätten Sie dem Minister sagen sollen. (Ernst hat nur den Anfang der Rede Herbecks gehört, da sich später durch ein Lachen Hildas im Nebenraum all sein Denken auf sie concentriert hat. Aus seiner Gedankenversunkenheit durch Herbecks letzte Worte herausgerissen, blickte er verwirrt auf.)

Ernst (verlegen zögernd).

Sie haben Recht ..... o gewiß ....

Herbeck.

Sie haben mir nicht zugehört, wie ich bemerke, Ihre Gedanken weilten anderswo. (Kleine Pause).

Ernst (bestimmt).

Ja, Herr Professor, und ich schäme mich nicht, es einzugestehen, denn der Gegenstand war wahrlich nicht unwürdig.

Herbeck.

Wenn ich mich recht erinnere, so spielte sich schon vor mehreren Jahren zwischen uns eine ähnliche Scene ab — es war am ersten Abend, den Sie bei mir verbrachten — und ich müßte sehr irren, wenn Ihre Gedanken damals von etwas anderem abgelenkt worden, als heute.

Ernst.

Sie haben Recht! — Doch wenn ...

Herbeck.

Nein, nein, Ernst, besorgen Sie nichts. Mich freut Ihre Neigung, ich billige den Wunsch meiner Tochter und habe ihn selbst genährt.

Ernst.

So wäre es also möglich?!

Herbeck.

Ja, theurer Ernst! — Und am Tage Ihrer nächsten Beförderung soll das Verlobungsfest stattfinden. — Was Sie für Hilda fühlen, können Sie ihr jedoch schon heute sagen.

Ernst.

O Dank, Dank!

Herbeck.

Und nun reichen Sie mir die Hand, wackerer Freund!

Ernst.

Mein Glück scheint mir zu groß.

Herbeck.

Sie verdienen es, dies Bewußtsein mache Sie mutig. Und nun zu Hilda.

Ernst.

Noch einmal ..... (er will weiter sprechen, doch Thränen hindern ihn daran; er schüttelt Herbeck die Hand).

Herbeck.

Gehen Sie! (Ernst ab). (Ins Nebenzimmer rufend:) Fräulein Irene, ich bitte!

7. Scene.

Herbeck; Irene.

Herbeck.

Fräulein Irene, ich habe Ihnen eine interessante Neuigkeit mitzutheilen.

Irene.

Ah!

Herbeck.

Doch muß sie vor der Hand noch Familiengeheimniß bleiben.

Irene.

Zählen Sie auf meine Diskretion.

Herbeck.

Nun denn: Meine Tochter hat sich verlobt.

Irene.

Hilda verlobt! (bei Seite.) Doch nicht mit Ernst!

Herbeck.

Und raten Sie mit wem; Sie kennen den Bräutigam sehr gut.

Irene.

Wie? Wirklich? Mit E . . . .?

Herbeck.

Ja, ja mit Doktor Ernst Geran!

Irene.

Mit meinem Bruder?!

Herbeck.

Sie scheinen nicht besonders entzückt davon.

Irene gezwungen.)

O wie glücklich wird mein Bruder sein . . . . ich bin selig . . . . oh Dank.

Herbeck.

Sonderbar äußert sich bei Ihnen die Freude.

Irene.

Nicht wahr? — Das hat man mir schon oft gesagt; ich kann eben meine Gefühle nicht recht zum Ausdruck bringen.

Herbeck.

Nun vielleicht kenne ich diesmal das Hindernis.

Irene (erregt.)

Das ist nicht möglich! (sich besinnend.) Das heißt ...

Herbeck.

So giebt es also eins.

Irene.

Nicht möglich, weil eben keines vorhanden.

Herbeck.

Weßhalb bemühen Sie sich, mich zu täuschen? Glauben Sie denn, daß ich nicht begreifen kann, was Sie für die Zukunft fürchten? Ein Teil der Herrschaft in diesem Hause .....

Irene. (rasch.)

Ja, Herr Professor, das ist es; doch eigentlich richtiger, das war es, denn diese schlechte egoistische Regung ist nun vorbei und ich empfinde reine Freude, wahre Zufriedenheit.

Herbeck.

Sie strahlen jetzt förmlich vor Glück.

Irene.

Ich fühle es auch. Doch jetzt zu dem Paare, um die Lieben zu umarmen. (Irene ab).

8. Scene.

Herbeck allein später Diener.

Herbeck.

Höchst merkwürdig! . . . . In der That. — Ich weiß nicht, was ich davon denken soll. Hm, hm! — Ah! Wenn jemand ein kleines Vergehen mit Eifer eingesteht, dann pflegt dieses gewöhnlich ein Rettungsanker zu sein, an dem er sich anklammert, um sich vor dem Geständnis eines größeren zu bewahren. — Ei, ei, die Seele dieses Mädchens scheint nicht so engelsrein, wie sie ihr Bruder glaubt. (Ein Diener tritt ein und will, da er Herbeck bemerkt, wieder hinaus).

(Zum Diener): Sagen Sie meiner Tochter, daß ich zu gehen wünsche; oder . . . . . .

Diener.

Wollen Sie vielleicht selbst zu den Herrschaften, Herr Professor? Sie sind hier im dritten Zimmer, darf ich geleiten.

Herbeck.

Ja, bitte.

Diener.

Ich werde auch den Pelz vom gnädigen Fräulein mitnehmen.

Herbeck.

Thuen Sie das. (Beide ab.)

9. Scene.

Diener; später Lilli Vernon; zum Schluß Irene.

(Nachdem die Bühne einige Augenblicke leer geblieben ist, kehrt der Diener zurück, schließt die Thüre, die zu den Nebenzimmern führt, sorgfältig und öffnet hierauf die Eingangsthüre).

Diener.

Ich bitte, gnädiges Fräulein, hier herein.

Lilli (eintretend).

Danke.

Diener.

Fräulein Irene wird Sie nur einige Augenblicke warten lassen, denn ihr Besuch ist eben im Begriffe mit dem Herrn Doktor fortzugehen. (Lilli nickt, Diener verbeugt sich und geht ab).

Lilli (allein).

Livrierte Diener, ei sehr fein! Wie kostbar und elegant hier alles eingerichtet ist! Nun ja die Erbschaft! ha ha ha! (Sie geht im Zimmer umher und besieht sich alles; sie erblickt das Bildnis von Ernst.) Das ist ja Ernst, sein Bildnis. Wie schön, wie edel seine Züge sind! Wie herrlich seine Augen leuchten! — Ich liebe Dich, ich liebe Dich! (Sie besieht sich das Bild noch einige Weile, dann geht sie auf und ab und betrachtet die Einrichtung, Irene tritt ein).

Irene (bei Seite).

Endlich sind alle fort!

Lilli.

Sei mir gegrüßt Irene! Wie geht es Dir?

Irene (kalt).

Mein Fräulein, Sie kündigten mir in einem Briefe Ihren Besuch an, Sie hätten unter vier Augen mit mir zu sprechen. Wie Sie sehen, empfange ich Sie. Doch bitte kurz — was wünschen Sie?

Lilli.

Einen so förmlichen Ton nehmen Sie an? Nicht mehr „Du"?

Irene.

Sie hörten es bereits.

Lilli.

Nun, wie Sie wollen. — Die alte Jugendfreundin scheint ganz abgethan.

Irene.

Schon meine Mutter verbot mir mit Ihnen zu verkehren. Sie zeigten früh schlechte Anlagen. Sie gingen zum Theater; in den letzten Jahren trieben sie sich auf allen Provinzbühnen herum . . . . .

Lilli.

Ich bin jetzt am Hoftheater als erste Heroine.

Irene.

Ah — doch gleichviel. Ich habe Sie also schon sehr lange nicht gesehen und ersuche Sie daher, mir zu sagen, was mir eigentlich heute das Vergnügen verschafft.

Lilli (durch Irenens Ton gereizt, spitz:)

Kurz heraus?

Irene.

Jawohl.

Lilli (der plötzlich wieder Ernst' Bild in die Augen fällt; von einer Idee erfaßt):

Ich wollte Sie um jenes Bild dort bitten.

Irene.

Was soll der Scherz? — So ganz zur Unzeit!

Lilli.

Nein, nein, es ist kein Scherz; das ist es, was ich Ihnen sagen wollte.

Irene.

Das Bild meines Bruders Ihnen?

Lilli.

Weshalb nicht?

Irene.

Sie sind unverschämt.

Lilli.

Und ich fordere sogar noch mehr. — Ich liebe Ihren Bruder und Sie .....

Irene.

Ah!

Lilli.

Ja Sie sollen mir behülflich sein, seine Gegenliebe zu erringen.

Irene.

Ja, sind Sie denn von Sinnen? Die Liebe meines Bruders Ihnen und durch mich. Wenn Ernst Sie liebte. —

Lilli.

Wagen Sie nicht zu viel! Weshalb diese Mißachtung.

Irene.

Nun wenn Sie es durchaus hören wollen: Sie sind seiner völlig unwürdig. Eine Person wie Sie, deren Liebe ...

Lilli.

Nun!

Irene.

Verzeihen Sie die Offenherzigkeit, deren Liebe unrein ist.

Lilli (macht wüthend einige Schritte gegen Irene)

Unrein! Ah! (bei Seite) Contenance! (Fassung gewinnend; sie sieht rings im Zimmer umher, mit erkünstelter Ruhe; laut.) Wie geschmackvoll und reich hier alles eingerichtet ist! — Diener in vornehmer Livree! — Und Sie selbst, welch bewundernswerte Robe tragen Sie! sie wäre wahrhaftig einer Besseren würdig. Nun ja die Erbschaft! —

Irene.

Was soll das nun wieder?

Lilli.

Ihre Tante hat mehrere Haupttreffer gemacht, — ja, ja, — außerdem besaß sie trotz ihres zeitweiligen einfachen Lebens ein großes Vermögen. — Das alles fiel Ihnen zu, nicht wahr? Ich weiß das — und ich weiß mehr. — Meine Mutter war die intimste Freundin Ihrer Tante. — (Bewegung Irenens). Ihre Tante hatte vor meiner Mutter kein Geheimnis.

Irene.

Lilli!

Lilli.

Meine Mutter war verschwiegen, erst am Todtenbette — die Gute starb vor kurzem — erzählte sie mir, woher der

Reichtum Ihrer Tante kam. (Irene ist gebrochen). Und nun, meine Gnädigste, will ich Sie nicht länger stören.

Irene.

Sie werden bleiben. — Was wissen Sie? (Mut gewinnend) Was glauben Sie zu wissen?

Lilli (höhnisch lachend).

Das Loos, dem Sie all Ihr Glück verdanken wollen, war ein höchst schimpfliches. Mit Ihren Augen haben Sie die Treffer gemacht, all Ihr Geld haben Sie nur durch sich selbst erworben.

Irene.

Elende, welche Lüge wagen Sie zu ersinnen! Welche Verläumdung erkühnen Sie sich auszusprechen! — Verlassen Sie mich sofort! (Lilli lächelt.)

Lilli.

Du bist doch recht unvorsichtig, Irene. Wenn ich nun, um die Wahrheit meiner Behauptung zu verbürgen, Beweise hätte?

Irene.

Beweise! — ha, ha. — Und welcher Art sind diese, wenn man fragen darf.

Lilli.

Schwarz auf Weiß. — (zieht ein Schriftstück heraus). Kennst Du diese Schrift?

Irene.

O Gott! — Der eine verloren gegangene Brief! — (Große Pause.) Welche Summe forderst Du, um alles vor meinen Augen zu vernichten?

Lilli.

Glaubst Du, ich bin gekommen, um Dir Geld zu erpressen, dann müßte ich ja eben so verworfen sein wie Du. — Du wagtest es mit einem hoheitsvollen Lächeln auf mich herabzublicken und mich der Käuflichkeit — ja das hast Du gethan — zu beschuldigen? Du mich?! — Ich habe mir in meinem Leben nichts vorzuwerfen, keine Sünde; — und doch, ich leugne es nicht, es wäre möglich — wir sind ja nur Menschen, — daß ich mich einmal vergäße. Aber nur Leidenschaft könnte mich dazu führen, nie etwas anderes. Der bloßen Sünde wegen, würde ich Dich also nicht verachten. Doch Dich hat nicht Leichtsinn auf Abwege gebracht, sondern Berechnung, gemeine Berechnung. — Ah!

Irene.

Genug, genug, schweige!

Lilli.

Nein das soll Dir nicht erspart bleiben. Wenn auch Dein Gewissen, wofern Du noch eins hast, vielleicht zuweilen zu Dir gesprochen hat, so war seine Stimme gewiß zu mild; aus fremdem Munde sollst Du Deine Schande hören und schaudern vor Dir selbst und Deiner Verdorbenheit.

Irene.

Ah!

Lilli.

Als Du kurze Zeit bei der Tante warst, lerntest Du einen Mann kennen, der sich rasend in Dich verliebte. Das gefiel Dir und trotzdem Du nichts für ihn fühltest, fachtest Du seine Leidenschaft an. Du brachtest ihn schließlich dazu, daß er an nichts mehr denken konnte, als an Dich. Tag und Nacht, rastlos sann er, wie er Dich erringen könnte. Er war klug, er hatte bald eingesehen, daß in Deinem Herzen keine Stelle war, auf die ein Angriff glückverheißend gewesen wäre. Doch in Deiner Eitelkeit, Deiner Gewinnsucht, darin erkannte er die schwachen Punkte. Rasch darauf los denn! Er bietet Dir ein enormes Vermögen an. Die Gewinnsucht lechzt darnach; die Eitelkeit, die zu glänzen wünscht, will ebenfalls fieberisch zugreifen. Nur ein Bedenken macht noch zögern. Woher kommt in den Augen der Gesellschaft plötzlich das viele Geld? Der kluge Mann besinnt sich und einen herrlichen Betrug gebiert sein Hirn. Darnach kannst Du schamlos sein und als tugendhaft gelten. Das behagte Dir, der Kaufvertrag ward abgeschlossen und Du gabst Dich hin. Und seitdem täuschst Du alle Welt und hintergehst auch, Schändliche, Deinen edlen Bruder. — Und nun verzeihe meine Offenherzigkeit. (Kurzes Schweigen.)

Irene.

Du willst mich also vernichten?

Lilli.

Ich bin nicht in dieser Absicht gekommen.

Irene.

Kann ich Dich also auch zur Freundin haben?! — Was muß ich thun — sprich! Ich bin zu allem bereit.

Lilli.

Ich sagte es schon. Ich liebe Deinen Bruder, liebe ihn mit der Vollkraft meiner Seele. — Allein er verschmäht mich, will mich nicht mehr kennen. Doch er ist im Unrecht; es war ein Mißverständnis, das vor fünf Jahren unseren Briefwechsel abbrach und deshalb will ich ihn sprechen, sprechen wo er mir nicht entfliehen kann, ganz zwanglos sprechen und ihm sagen, daß ich ihn heute noch liebe wie ehedem. — Und dazu, dazu sollst Du mir verhelfen.

Irene.

Es würde nicht viel nützen. Er liebt eine andere.

Lilli.

Eine andere! Ihr Name?

Irene.

Du nanntest mir den meines Geliebten auch nicht.

Lilli.

Welcher Zusammenhang? Doch übrigens weiß ich ihn nicht; den nannte mir meine Mutter nicht!

Irene (bei Seite.)

Gott sei's gedankt!

Lilli.

Den Namen seiner Geliebten!

Irene.

Hilda.

Lilli.

Und weiter! — Doch schließlich das ist einerlei. Wann kann die Unterredung sein?

Irene.

Ich weiß wirklich nicht, wie ....

Lilli.

Besinne Dich, Du mußt!

Irene.

Was thun, was thun? — Glückliche Idee! — Du bist am Hoftheater, sagtest Du, nicht wahr?

Lilli.

Jawohl, doch was — —

Irene.

Nun gut. Bei Doktor Roeder ist nächstens große Soiree, auch Ernst ist dort, ich werde Dir eine Einladung verschaffen.

Lilli.

Vortrefflich. Ich werde etwas recitieren und daß ich meine Verse nicht schlecht vortragen werde, deß kannst Du sicher sein. Ich will zu seinem Herzen sprechen. Gieb mir Dein Wort, daß Du Dein Versprechen hältst.

Irene.

Gut. Doch schwöre auch Du mir, daß Du schweigst.

Lilli.

So lang ich kann.

Irene.

Wie das?

Lilli.

Sei des zufrieden!

Irene.

Nein nimmermehr, das ist nicht ehrlich.

Lilli.

Du kannst mich zu nichts zwingen. Laß Dir daran genügen.

Irene.

Ich muß; ich sehe es ein, ich bin in Deiner Gewalt. Und nun Adieu, Du schweigst also.

Lilli.

Du kannst vor der Hand ganz ruhig sein. Adieu.

Der Vorhang fällt.

Zweiter Aufzug.

Glänzend ausgestatteter Salon im Hause Roeders. Rechts und links Thüren rückwärts Portieren in andere Salons. Große Soiree.

1. Scene.

(Wenn der Vorhang in die Höhe geht, füllt sich der sichtbare rückwärtige Salon allmählich mit Herren und Damen aus der Gesellschaft. In den Vordergrund der Bühne treten im Gespräch begriffen: Hardy und v. Bötzow).

Hardy; v. Bötzow; später Baronin Hanau.

Hardy.

Ach herrlich, herrlich! Ich habe nie ein Gedicht mit soviel Gefühl vorgetragen gehört.

v. Bötzow.

Und wie reizend sie aussah! Ich sage Ihnen, diese Vernon ist ein wunderbares Weib.

Hardy.

Sie haben das wohl ihr selbst auch schon gesagt?

Bötzow.

Ja, aber leider bisher ohne Erfolg.

Hardy.

Ah, sie ist völlig unzugänglich.

Bötzow.

Ah bah! Ziererei! Sonst wäre ja das Theater heute bei einem sonderbaren Punkte angelangt.

Hardy.

Das ist es auch. Verkehrte Welt. Die Schauspielerinnen sind anständig, die Stücke unanständig.

Bötzow.

Ha, ha. — Ich gebe aber dennoch meine Hoffnung keineswegs auf, im Gegentheil . . (er sagt Hardy etwas ins Ohr).

Hardy.

Sie Cyniker!

(Baronin Hanau tritt zu ihnen.)

Baronin.

Nun, wie gefiel Ihnen Fräulein Vernon?

Bötzow.

Ganz ausnehmend; sie sieht im Salon noch besser aus, als auf der Bühne.

Baronin.

Haben Sie sie letzthin in dem neuen Stücke gesehen?

Hardy.

Ja; da war sie vorzüglich, nur schien mir das Stück nicht recht natürlich.

Bötzow.

Sagen Sie das nicht. Ich kenne ein Haus, wo sich dieselbe Geschichte bald abspielen wird; ja zwei Akte sind sogar bereits vorüber.

Baronin.

Ach erzählen Sie!

Hardy.

Wo ist das?

Bötzow.

Bitte näher zu treten! — Hier im Hause.

Hardy.

Wie, ist es möglich?

Baronin.

Ei ja. Gewisse Umstände der Voraussetzung sind hier eigentlich dieselben. Ebenfalls ein armer Mann, der ein reiches Mädchen zur Frau genommen. — Doch wie erfuhren Sie davon?

Bötzow.

Ich kam heute etwas zu früh hierher und da erzählte mir der Diener, den ich mit Gold geimpft, jenem bekannten Mittel zur und gegen Verschwiegenheit — Sie wissen ja die Eroberung des Dieners oder der Zofe ist die erste Stufe zum Herzen der Herrin —

Baronin.

Kommen Sie doch zur Sache! Machen Sie es nicht, wie die meisten deutschen Lustspieldichter, bei denen die Handlung in Worte, und die Worte in Nichts zerfließen.

Hardy.

Da erzählte Ihnen denn der Diener —

Bötzow.

Eine hochinteressante Geschichte.

Baronin.

Also:

Bötzow.

Es gab heute hier im Hause einen großen Streit. Doktor Roeder verdächtigte seine Frau der Untreue; sie leugnete natürlich, doch als er immer erregter ward, gestand sie ihm schließlich unumwunden, daß sie ihn nicht mehr liebe. Er ist empört, er wütet, worauf sie ihm mit der größten Ruhe sagt, er könne sich ja von ihr scheiden lassen, wenn ihm irgend etwas an ihr nicht gefalle.

Hardy.

Und unter solchen Umständen findet heute hier diese große Gesellschaft statt. Der Mann bleibt nach einer derartigen Scene noch mit dieser Frau unter einem Dache?

Baronin.

Werden sie sich also scheiden lassen?

Bötzow.

Der Diener sagte, er glaube nicht; der Herr wolle den Skandal vermeiden.

Hardy.

Das ist ja ein erbärmliches Verhältnis.

Baronin.

Sehen Sie, der Dichter der letzten Premiere hatte also wirklich ganz Recht, wenn er sagte: Wenn ein armer Mann ein reiches Mädchen heiratet, so ist er nur am ersten Tage ihr Herr, alle Folgezeit ist er nur ihr Knecht.

Hardy.

Und wen hat man im Verdacht, daß er Frau Roeder den Hof mache?

Bötzow.

Sehen Sie einmal nach rückwärts; mit wem unterhält sich Frau Roeder eben?

Baronin.

Ah! Minister Streewitz.

Bötzow.

Er besucht dies Haus sehr häufig, obwohl er sonst mit Bürgerlichen nicht verkehrt, er macht gewiß nicht ohne Grund hier eine Ausnahme. — Uebrigens ist das nur Vermutung.

Baronin.

Er ist Lebemann durch und durch.

Hardy.

Ich wundere mich übrigens sehr, daß Graf Streewitz jetzt in der Stimmung ist, Gesellschaften zu besuchen; politisch ist er seinem Tode nah.

(Direktor Salingen tritt mit seinem Sohne zu ihnen.)

2. Scene.

Direktor Salingen; Salingen jun.; Hardy; v. Bötzow; Baronin Hanau.

Dir. Salingen.

Gnädige Frau gestatten Sie, daß ich meinem Sohne die Ehre erweise, ihn mit Ihnen bekannt zu machen.

Baronin.

Oh sehr erfreut!

Salingen jun.

Mein Vater hat mir schon so viel von Ihnen erzählt, daß ......

Baronin.

Ah, das ist interessant! .... Promenieren wir ein

wenig, Sie werden mir dann mitteilen, was Sie Gutes von mir gehört. — Oder war es Schlechtes?

Salingen jun.

O was denken Sie? ... Darf ich Ihnen den Arm bieten, Frau Baronin.

Baronin.

Bitte. — Meine Herren ...... (Sie nickt und geht mit Salingen jun. ab. Direktor Salingen hat sich unterdessen mit den Herren unterhalten.)

3. Scene.

Hardy; Direktor Salingen; v. Bötzow; zum Schluß die ganze Gesellschaft.

Hardy.

Da kann ich Ihnen nur beistimmen, Herr Direktor.

Dir. Salingen.

Nun ja, die lieberale Strömung beginnt jetzt in allen Staaten deutlich hervorzutreten. Auch bei uns zeigt sie sich gewaltig. Das Ministerium wollte unsere Partei zermalmen; es führte daher seinen stärksten Schlag, allein er prallte ab, fiel zurück und hat nun sie selbst vernichtet. Ein solcher Rückschlag ist ein im politischen Leben nicht seltener Vorgang. Glauben Sie mir, die Lage der Regierung ist schlechter als man allgemein glaubt; der Sturz des Ministeriums ist nur eine Frage von Tagen. Die Reden im Parlament, die Erregung des Volkes, die Sprache der Presse, kurzum alles weist darauf hin.

Hardy.

Mir ergeht es bei der Lektüre von Zeitungen ganz

eigenartig. Lese ich ein liberales Organ, so bin ich freisinnig, und lese ich ein sozialistisches, so bin ich reactionär.

Bötzow.

Ich lese niemals eine Zeitung, denn kein Blatt taugt etwas, ebenso wie keine Partei. Ich stimme da ganz mit (stockend) eh! — — eh! mit dem großen Dichter überein: „Ein garstig Lied, pfui ein politisch Lied.“

Dir. Salingen.

Sie sollten wahrhaftig nur mit Damen sprechen, Sie Salonlöwe. Ein Mann kann Ihre Phrasen nicht ertragen.

Bötzow.

Sie haben Recht. Im Gespräch mit Ihnen verliert man seine Zeit; ich befolge Ihren Rath. (Er geht nach rückwärts.)

Dir. Salingen (Bötzow nachblickend).

Diese Gattung von Menschen ist in unheimlicher Zunahme begriffen; mir bangt vor der Zukunft.

Hardy.

Und wer glauben Sie, wird der Nachfolger von Graf Streewitz sein.

Dir. Salingen.

Ohne Zweifel Professor Herbeck.

Hardy.

Ich glaube auch, daß dies sicher ist.

Dir. Salingen.

Ja . . . . . Wissen Sie übrigens was ich in letzter

Stunde gehört habe. — Graf Streewitz soll sein Amt nicht gesetzmäßig verwaltet haben.

(Die Gesellschaft tritt allmählig ein.)

Hardy.

Wie das?

Dir. Salingen.

Still! Wir sind nicht mehr allein. — Später. — (Leise.) Ich glaube seine jetzige Heiterkeit ist nur eine gezwungene, er will der Welt Sand in die Augen streuen.

(Sie verlieren sich in der Menge).

Roeder.

Ich bitte die werten Herrschaften, sich in jenen Saal dort zu begeben. Der Tanz beginnt.

(Alle allmählig ab.)

Streewitz (Irene am Arm; leise zu ihr).

Ich befasse mich nur soviel mit Frau Roeder, um keinerlei Verdacht aufkommen zu lassen.

Irene (leise zu Streewitz).

Ich bin Ihnen nicht böse.

(Alle ab außer Ernst und Lilli.)

4. Scene.

Ernst, Lilli.

Lilli.

Bleiben Sie doch, Herr Doktor, wir wollen ein wenig gemüthlich plaudern.

Ernst.

O bitte, mein Fräulein.

Lilli.

(Bei Seite.) Immer diese strenge Miene. (Laut.) Machen Sie doch ein freundlicheres Gesicht.

Ernst.

Ist Ihnen daran etwas gelegen?

Lilli.

Vielleicht.

Ernst.

Nun, dann will ich auch heiter sein. Denn ich bin es ja im Herzen und diese ernste Falte war nur Verstimmung eines Augenblickes. Ich bin heute so froh und glücklich aus tiefster Seele, ich könnte tanzen vor Freude und Lust. — Ich muß mich bei Ihnen übrigens noch entschuldigen, ich war letzthin auf der Straße wohl recht unhöflich gegen Sie. Verzeihen Sie, Amtslaune, und dann — wenn ich aufrichtig sein soll — da Sie einen Theaternamen angenommen haben, wußte ich nicht, daß Sie am Hoftheater sind und — Doch wie dem auch sei, ich bitte Sie um Entschuldigung.

Lilli (mit Wärme).

Die ich Ihnen gerne gewähre.

Ernst.

Ich danke Ihnen. Und nun lassen Sie mich Ihnen auch sagen, daß mich wie alle Welt, Ihr heutiger Vortrag geradezu hingerissen hat. Sie sprachen das Gedicht von der unerwiederten Liebe mit so viel Wärme, Ausdruck und Gefühl — ich versichere Sie, wenn Ihr eigenes Herz Ihnen alle diese Worte in Wirklichkeit entpressen würde, Sie könnten sie nicht anders sprechen.

Lilli (recitierend).

Beuge Dich zu mir hernieder
Küsse dieses Mundes Gluth
Und Du fühlst — durch alle Glieder —
Die Du küssest ist Dir gut.

Ernst.

Wie schön diese nichtigen Verse in Ihrem Munde klingen.

Lilli.

So? — wirklich? — Sie finden das?! — Und doch, während des ganzen Vortrags hatten Sie kein Auge für mich, umsonst daß ich fortwährend meine Blicke nach Ihnen richtete.

Ernst.

Sie? — nach mir? — Sie spotten wohl.

Lilli.

Es gab Zeiten, wo Ihnen das ebenso selbstverständlich, als beglückend schien; heute ist Ihnen meine Liebe nur Spott.

Ernst.

Ihre Liebe? — Mein Fräulein wie soll ich Sie verstehen.

Lilli.

Nun, ja doch, da es mir denn entfahren ist: ich liebe Sie heute noch, wie ehedem.

Ernst.

Sie dächten noch an jene Jugendthorheit zurück? Sie lebte noch frisch in Ihrer Erinnerung? Unmöglich, kaum glaublich!

Lilli.

Ob ich an jene Zeit zurückdenke, ob sie in meiner Erinnerung lebt?! Sie war der Glanzpunkt meines Lebens, das einzige Licht in vollem Dunkel. Wohl war es nur eine Jugendliebe, aber sie war aufrichtig und tief; ich konnte ihrer nie vergessen. — Und als ich Sie jüngst nach fünf langen Jahren zum ersten Mal wiedersah — oh Sie verdienen nicht, daß ich Ihnen sage, wie sehr mein Herz pochte, wie meine Seele frohlockte.

Ernst.

Mein Fräulein, wie sehr vielleicht zu anderen Zeiten Ihre Worte mich seelig gemacht hätten heute — oh seien Sie versichert, es berührt mich tief, aber . . . .

Lilli.

Mitleid, armseliges Mitleid also, weiter nichts. Ein brennendes Haus steht vor Ihnen und Sie wollen es löschen — mit einer Thräne. Ja, bin ich denn so aller Reize bar, so jeglicher Anmut entbehrend, so häßlich, daß man für mich nur Mitleid empfinden kann, kaltes Mitleid und nichts mehr.

Ernst.

Ich darf nicht mehr für Sie fühlen, denn ich bin verlobt, ich kann nicht mehr für Sie empfinden, denn ich liebe meine Braut.

Lilli (mit einer drohenden Geberde).

Oh die . . . . .!

Ernst (ihr ins Wort fallend).

Wagen Sie nicht, sie zu beleidigen!

Lilli.

Sie hat mich freventlich beraubt, sich in meine Rechte eingeschlichen.

Ernst.

Ihre Rechte?! Ich wüßte nicht .....

Lilli.

Sie haben mir einstmals — Sie können es nicht leugnen — ewige Treue gelobt, gelobt beim Heiligsten; — ich komme heute Ihren Schwur einzufordern.

Ernst.

Es ist Ihnen wohl nicht Ernst, wenn Sie sich auf jene Kinderei berufen.

Lilli.

Kinderei? nicht so ganz. Ich zählte damals sechzehn, Sie zweiundzwanzig Jahre; in diesem Alter giebt man sich bereits Rechenschaft über seine Handlungen. Und ich glaube, ein Mann sollte jeder Zeit bereit sein, sein gegebenes Wort einzulösen.

Ernst.

Auch wenn der Gegenschwur nicht gehalten wurde?

Lilli.

Er wurde gehalten.

Ernst.

Das soll ich glauben? — Sie eine vielbewunderte Schauspielerin .....

Lilli.

Eine Schauspielerin! Wie verächtlich Sie das sagen. Sonderbar. Vorhin erst hörte ich Sie mit edlem Feuer gegen die Unrichtigkeit der heutigen Gesellschaftslogik sprechen — und jetzt bedienen Sie sich ihrer selbst und treten für das Immoralitätsdogma der Schauspielerin ein. Oft triffts ja zu, denn es ist schwer gut zu bleiben, wenn Niemand daran glauben will. Und man will es nicht. Jüngst hatte ich in einem neuen Stücke eine tugendhafte Schauspielerin darzustellen; ich mußte mir alle Mühe geben, das Publikum in der Illusion zu halten. Illusion! Eine tugendhafte Schauspielerin ist also nur mehr Illusion! O pfui über alle vorgefaßten Meinungen.

Ernst (nach kurzer Pause).

Und wenn ich Ihnen auch glaube. Es sind fünf Jahre seit jenem Tage verstrichen, ohne daß wir von einander gehört. Eine so lange Zeit macht jeden Rechtsanspruch verjährt.

Lilli.

Wenn Sie in den Gesetzbüchern blättern, dann allerdings, Herr Doktor, werden Sie keinen Paragraphen finden, der für mich spricht; aber sehen Sie doch einmal im Naturrecht nach und Sie werden meine Ansprüche anerkennen müssen. Da steht klar und deutlich: Was man ins Leben gerufen, dafür ist man verpflichtet zu sorgen. Sie haben die Liebe in meinem Herzen geweckt, Sie haben den Keim gelegt, Ihr Wachstum befördert, Sie dürfen nun der Blüte Ihren Schutz nicht entziehen. — Sie lächeln! Nun ja, der Naturmensch würde das wohl einsehen, Sie sind aber Weltmann geworden und können daher selbstverständlich das Idealste, weil Wahrste nicht mehr begreifen.

Ernst.

Und wenn ichs auch begriffe, es könnte nichts ändern; kein Mensch kann sich zu Gefühlen zwingen.

Lilli.

Aber zu Thaten — und in diesen allein liegt die Pflichterfüllung. — Sie sind verlobt, entsagen Sie Ihrer Braut; kann ich Ihre Liebe nicht besitzen, so möge mir wenigsten die Pein erspart bleiben, eine andere in ihrem Besitze glücklich zu sehen.

Ernst (hohnlächelnd).

Das werde ich nimmer thun.

Lilli.

Sie werden's müssen.

Ernst.

Wer wird mich dazu zwingen?

Lilli.

Hilda selbst; sie wird sich von Ihnen zurückziehen.

Ernst.

Ah! Sie wollen mich bei ihr verläumden. Versuchen Sie es nur, es wird Ihnen nicht gelingen.

Lilli.

So weit ist es also zwischen uns gekommen, daß Sie mir solch gemeine Handlung zumuten. O das ist traurig! Nein, nein, ich werde nur der Wahrheit freien Lauf lassen.

Ernst.

Das mögen Sie immerhin thun, die scheue ich nicht.

Lilli.

Weil Sie sie nicht kennen.

Ernst (erstaunt).

Wie!

Lilli.

Bis jetzt hat sie auch die Welt noch nicht erfahren und so können Sie also in Ihrer Unkenntnis ruhig sein; wüßte man von allem, Sie würden in dieser Gesellschaft nicht aufgenommen werden.

Ernst.

Es klingt unglaublich. Und doch! Sollten Sie so lügen können?!

Lilli.

Ich schwöre Ihnen, ich lüge nicht. Ich kann Sie vernichten, trotzdem Sie völlig schuldlos sind, und ich dennoch auch nicht einen Zoll breit von der Wahrheit abweichen werde.

Ernst.

Unbewußt hätte ich ein Verbrechen begangen — und Sie wüßten es? O sprechen Sie, sprechen Sie, was es auch sei. (Ernst geht aufgeregt auf und ab; Lilli betrachtet ihn voll Liebe und eilt nach kurzer Pause auf ihn zu.)

Lilli.

Nein, Ernst fürchten Sie nichts, ich werde schweigen, schweigen zu Ihrem Glück.

Ernst.

Sie müssen jetzt sprechen, sonst tötet mich der Zweifel und die beständige Angst.

Lilli.

Sie brauchen nichts zu besorgen; ich liebe Sie. — Wohl nicht stark genug — vielleicht auch zu stark — um Sie mit einer anderen glücklich sehen zu können, sicherlich aber nicht zu schwach, um mich für Ihr Wohl zu opfern. Ich werde schweigen — auf immer — und damit ich ja nie von falschen Gefühlen verleitet, mein Geheimniß preisgebe, werde ich sorgen daß mir der Tod den Mund verschließt.

Ernst.

Sagen Sie mir alles, ich beschwöre Sie!

Lilli.

Sie sollen durch mich nicht unglücklich sein. Mein Leben . . . . .

Ernst.

Vollenden Sie nicht, vollenden Sie nicht! O Himmel wohin sehe ich mich gedrängt, nirgends sehe ich einen Ausweg und giebts denn einen? (In Verzweiflung.) Wenn ich von ihr getrennt würde! — Keinen glücklichen Tag mehr könnte ich verleben.

Lilli (bei Seite).

Wie ihn der bloße Gedanke an sie außer sich bringt; er sieht mich nicht mehr, wenn er ihrer gedenkt. Er sollte selig werden durch diese Liebe und ich, ich so namenlos elend sein — (Pause.) Nein, nimmermehr, das ertrage wer kann, das geht über die menschliche (mit leichtem höhnischem Lächeln) über die weibliche Natur. (Geht unbemerkt von Ernst ab.)

5. Scene.

Ernst einige Augenblicke allein, hierauf Herbeck.

(Ernst geht aufgeregt einige Male auf und ab, indem er abgebrochene Worte ausstößt, hierauf setzt er sich nieder und sinnt.)

Herbeck (eben eingetreten).

O, Sie hier, Ernst, so abgeschieden von aller Welt! Weshalb suchen Sie heute die Einsamkeit?

Ernst.

Fräulein Vernon ging eben von mir.

Herbeck.

Ein tête à tête also mit der gefeierten Schönen? Sieh da!

Ernst.

Es war nicht mein Wunsch mit ihr zu sein. Ich wollte, ich hätte sie nie wieder gesehen.

Herbeck.

Sie scheinen aufgeregt.

Ernst (vor sich hin).

Daß sich doch jede Lust im Leben, selbst die harmloseste, an uns rächt, wie eine Schuld!

Herbeck.

Sie kannten also Fräulein Vernon schon früher, Sie standen ihr nahe?

Ernst.

Vor fünf Jahren — wir waren damals fast noch Kinder — tauschten wir Liebesschwüre aus.

Herbeck.

Nun?

Ernst.

Und heute behauptet sie darauf hin, Ansprüche auf meine Liebe zu haben.

Herbeck.

Und haben Sie sich während der letzten Jahre zuweilen gesehen, häufig geschrieben?

Ernst.

Seither haben wir von einander nichts gehört. Ich war damals gezwungen eine größere Reise zu unternehmen, beim Abschied versprachen wir uns ewige Treue. Als ich zurückkehrte erfuhr ich, daß sie das elterliche Haus verlassen und zum Theater gegangen sei. — Ich sprach sie heute seit jener Zeit zum ersten Male wieder.

Herbeck.

Dann sind ja ihre Ansprüche rein lächerlich, ich verstehe nicht wie Sie . . . . .

Ernst.

Sie werden mich begreifen ich bin dessen sicher. Sie hat mir das Fürchterlichste in Aussicht gestellt, wenn ich — wie sie es nannte — wortbrüchig würde. — Sie hat von Selbstmord gesprochen.

Herbeck.

Dadurch formt sich dieser Schatten von Berechtigung allerdings zu einer unheimlich drohenden Gestalt. — Eine überspannte Frau ist zu allem fähig. — Und doch, es kann auch Komödie sein.

Ernst.

Es kann sein, ja es kann sein, allein wer giebt mir Sicherheit! — Bedenken Sie, wenn sie ihre Drohung ausführt, ich habe dann ein Menschenleben auf dem Gewissen. Wie ich auch hernach daran drehen werde und deuteln, ich werde mir das Gespenst nur näher bringen, statt es zu bannen. — Reflexionen die einer wunden Stelle entspringen, verpesten das Hirn.

Herbeck.

Gemach, gemach! Schmelzen Sie doch nicht im Feuer der Leidenschaft die Vernunft! Der Mensch ist doch schließlich nur für das verantwortlich, was seinem Handeln notwendigerweise entspringen muß und nach Voraussicht möglicherweise kann, — aber nicht für alles was thatsächlich daraus entspringt. Wenn sich ein Mädchen in Sie verliebt, weil Sie zuvorkommend gegen sie waren und sich dann, da sie ihre Liebe nicht erwidert findet, das Leben nimmt, so tragen doch nicht Sie, sondern nur der Gefühlswahnsinn des Mädchens die Schuld.

Ernst (nach einer kleinen Pause).

Und doch war es zum Teil auch meine Zuvorkommenheit.

Herbeck.

Nur keine Selbstquälerei!

Ernst.

Sie wissen nicht alles, hören Sie mich zu Ende. Die Vernon behauptet ein Geheimnis zu kennen, dessen Kundgebung, wie sie sagt, mich vernichten würde. Sie will sich töten um nie — sei es durch was immer erregt — mich unglücklich zu machen.

Herbeck.

Und ist denn ein Etwas in Ihrer Vergangenheit, das nicht gekannt werden darf?

Ernst.

Nein, das eben ist es ja. Sie sagt selbst, mir wäre nichts bewußt, ich hätte auch keinerlei Schuld daran — und dennoch würde es mich zermalmen. — Ein schreckliches Geschick.

Herbeck.

Ich glaube nichts von alledem. Seien Sie heiter!

Ernst.

Vielleicht haben Sie Recht, allein wenn doch ....

Herbeck.

Nun ja, seien Sie immerhin der Gefahr gewärtig, doch erwarten Sie sie nicht. Gar mancher empfängt nur deshalb so viele Schicksalsschläge, weil er seinen Rücken voreilig hinhält.

Ernst.

Ich bin wahrhaftig der Schwächling nicht, der bei bloßem Pistolenknall schon die Kugel im Leibe fühlt, und fällt. Erwägen Sie doch selbst! Ein Weib stellt mir die Wahl zwischen ihrer Liebe, ihrer Rache und ihrem Tod; was soll ich thun, wofür soll ich mich entscheiden? ist doch eins schrecklicher als das andere. Wähl' ich ihre Liebe, so ist fürs Leben mein Glück dahin, verhindere ich ihren Tod nicht, so ist es für ewig um meine Ruhe geschehen, und lasse ich ihrer Rache freien Lauf, so ist vielleicht meine Ehre vernichtet.

Herbeck.

Ihre Ehre, wieso? Wenn Sie sich keiner Schuld bewußt sind, keines Vergehens, so kann doch nichts sie zerstören. Wer seine Ehre willig nicht vergiebt, dem kann sie niemand nehmen. Wenn man sie mit Schmutz bewirft, was schädigt es Sie? kann doch Ihr Herz niemand beflecken. Wenn Sie es rein halten, so ist es rein. — Und darum sehen Sie der Zukunft mutig ins Auge, vertrauen Sie sich selbst, Sie könnens. — Es stehen Ihnen in nächster Zeit noch andere Prüfungen bevor — im Vertrauen gesagt, Graf Streewitz stürzt und er wird nicht geräuschlos fallen, denn es gehen Gerüchte — nicht unbegründet — welche behaupten, er hätte nicht alle Geschäfte so geführt, wie er hätte sollen.

Ernst.

Sie sind unwahr, glauben Sie kein Wort davon.

Herbeck.

Und doch, wenn ich Ihnen einen guten Rat geben darf, suchen Sie noch morgen um Ihre Entlassung an.

Ernst.

Mit Undankbarkeit sollte ich meinen Gönner lohnen?

Herbeck.

Nach all' dem was ich heute über ihn gehört, ist es nicht ganz außer Zweifel, daß er auch an Ihnen nicht um Ihretwillen gut gehandelt hat. Wer weiß, wozu Sie ihm ohne Ihr Wissen gedient haben.

Ernst.

Was sagen Sie da! (Halblaut.) Sollte Lilli vielleicht . . .

Herbeck.

Wie die Dinge auch liegen mögen, befolgen Sie meinen Rat, ziehen Sie sich zur rechten Zeit zurück — Versprechen Sie mir, es zu thun!

Ernst.

Wir sprechen noch davon. — Entschuldigen Sie mich jetzt, ich muß zur Vernon, sie soll mir sagen, was sie weiß.

(Herbeck will ihn davon abhalten, als Roeder eintritt.)

6. Scene.

Roeder, Herbeck, Ernst (nur zu Beginn).

Roeder (zu Ernst, der rasch ab will).

Wohin so rasch, theurer Freund?

Ernst (mit etwas Unruhe).

Verzeihe ... nur auf einen Augenblick, ich kehre sogleich wieder. Ich .... (ab).

Roeder.

Ernst ist ja ganz bleich und aufgeregt; ist ihm etwas wiederfahren?

Herbeck.

Möglicherweise Berufssorgen; es schwirren allerlei bedenkliche Gerüchte über das herrschende Ministerium in der Luft.

Roeder.

Auch ich habe davon gehört; und glauben Sie ..?

Herbeck.

Pardon! ... Sehen Sie doch dorthin! Wahrhaftig

ein großer Grad Selbstbeherrschung. Graf Streewitz unterhält sich lachend und in größter Heiterkeit mit Ihrer Gattin; er beugt sich zu ihr hernieder und küßt chevaleresk ihre Hand. Und so benimmt sich ein Mann, der seinem Ende nahe ist. Sonderbar, fürwahr höchst sonderbar. — Aber was ist Ihnen denn plötzlich, Roeder, Sie haben ja völlig die Farbe gewechselt, Sie zittern und blicken starr nach jener Stelle, wo eben Ihre Frau und .... Ah! Nein, das ist unmöglich! ...... die kleine Courtoisie des Grafen.

Roeder.

O ich bin außer mir; die El ....!

Herbeck.

Roeder!

Roeder.

Nehmen Sie sie nicht in Schutz, sie verdient es nicht.

Herbeck.

Aber ....

Roeder.

Schenken Sie mir einige Augenblicke. Ihnen will ich mich vertrauen. (Er eilt gegen den Hintergrund und zieht die Gardinen zur Abschließung des Vorderraumes vor).

Herbeck.

Ich bin ergriffen; sprechen Sie.

Roeder.

Sie müssen mir gestatten, daß ich etwas weiter aushole. (Pause.) Ich habe glückliche Tage durchlebt, sehr glückliche. Ein ungeahnter Reichtum, Liebe und Besitz, ließ mich das Leben von seiner allerschönsten Seite kennen lernen. Wen kann's verwundern, wenn ich das Wesen, dem ich alles verdanke, wie einen Engel verehrte, wenn ich meiner Frau gegenüber willenlos wurde. Das Glück hatte alle meine Kräfte absorbiert. Allein die Zeit begann daran zu nagen; allmählich trat das ganze häßliche Gefolge einer Heirat aus flammender Liebe auf. — Das Feuer ward schwächer, verglimmte und es ging abwärts, jäh abwärts.

Herbeck.

Sie haben eben daran vergessen, daß wohl zuweilen Gefühle, nie aber Leidenschaften ewig sind. Sie haben nicht bedacht, daß man vor jeder Ehe streng erwägen muß, ob die Liebe zu der Erwählten derart ist, daß sie mit der Zeit in Freundschaft übergehen kann; denn ohne die Möglichkeit dieses Ueberganges ist eine glückliche Ehe auf die Dauer unmöglich.

Roeder.

Nichts habe ich bedacht, nichts, ich war geblendet. — Aber in jüngster Zeit da sind mir die Augen aufgegangen. Ich sah in den Mienen meiner Frau Gleichgültigkeit und später noch weniger als das bei meinen Liebkosungen. Sie war häufig zerstreut und aufgeregt, bald traurig und ein ander Mal wieder, ohne daß ich wußte weshalb, ausgelassen heiter. Lange suchte ich Erklärungen, endlich fand ich sie. Mir kam der Gedanke, daß nur eine neue Liebe sich so äußerte. Ich begann eifersüchtig zu werden — und seitdem ist der Unfriede in unserem Hause unaufhörlich.

Herbeck.

Seien Sie vorsichtig! Vielleicht zerstören Sie durch eine grundlose Eifersucht mutwillig ihr Glück.

Roeder.

O nein, nicht grundlos! Als ich Sophie heute Morgen fragte, ob sie mich denn auch wirklich nie belüge, ob sie mir treu sei, erwiderte sie mit trotziger Kälte, vielleicht sei sie es auch nicht, doch zwinge sie mich ja nicht, mit ihr zu leben.

Herbeck.

So spricht auch empörte Unschuld.

Röeder.

Nach dem was ich heute Abend gehört und gesehen, ist kein Zweifel mehr möglich. Der Verdacht ist jetzt zu greifen, der Betrug offenbar. — Sie ist eine Niederträchtige — und doch, doch kann ich sie nicht verstoßen.

Herbeck.

Sie können nicht? Wenn Sie von ihrer Schlechtigkeit überzeugt sind, weshalb nicht?

Roeder.

Weil ich dadurch zum Bettler würde.

Herbeck.

Roeder! — Nein, nein das war nicht Ihr Ernst, das kann er nicht gewesen sein; ein Mann läßt sein Handeln nicht von solchen Rücksichten bestimmen.

Roeder.

Solche Rücksichten, ha, ha! Ich bin ohne Geld in

diese Ehe getreten, habe meiner Frau zuliebe meine Kanzlei aufgelassen; wenn ich mich also jetzt von ihr trenne, so bin ich brotlos. Sie wissen wohl nicht, was das heißt, aber ich weiß es, ich, der ich mit der Armut in Verzweiflung oft gerungen. — Sehen Sie sich hier um, betrachten Sie den Luxus, in dem ich jetzt lebe, — und stellen Sie sich dann die höllischen Bitternisse eines derartigen Wechsels vor.

Herbeck.

Das Bewußtsein, gehandelt zu haben wie ein ganzer Mann, wird Ihnen alles versüßen. — Außerdem — Sie werden immer Ihr Auskommen haben, Sie werden sicherlich für Ihre Thatkraft Verwertung finden.

Roeder.

Ich soll vielleicht wieder Unterricht geben, wie vorher. Soll bei Leuten antichambrieren müssen, die mir jetzt zu gering sind, um bei mir antichambrieren zu dürfen; soll mich tagsüber abmühen und plagen, um kärgliches Brot zu haben, und dann des Abends über die Schönheit des Lebens nachsinnen zu können — in einer Dachkammer. — Und das alles weshalb?

Herbeck.

Weshalb? Nun, um vor der Welt als Ehrenmann dazustehen.

Roeder.

Ehrenmann, ha, ha! Wer fragt darnach, was gilt denn in der heutigen Welt ein Ehrenmann, in dieser

Welt voll Aeußerlichkeit. Wenn ich das Große thue, was Sie fordern, allem Besitz entsage, mein ungetreues Weib verstoße und zurückkehre zu meinem traurigen Erwerb von früher, was bin ich dann? Dann bin ich wieder der armselige Hauslehrer und muß mich glücklich schätzen, wenn mich der geringste Bürger zu seiner Gesellschaft lädt, muß seiner plumpen Frau tausendmal die rauhen Hände küssen, zum Dank — zum Dank, daß sie mich ans Ende der Tafel setzte. Alle die Häuser, in denen ich jetzt höchst willkommen bin, werden mir verschlossen sein; alle Leute, die sich jetzt eine Ehre daraus machen, mich besuchen zu dürfen, werden mich kaum eines Grußes würdigen: kurzum die gesamte Gesellschaft wird den großen Ehrenmann behandeln wie einen Hund. — Aber wenn ich der erbärmliche Wicht bin, bei meiner Frau bleibe und selbst die Welt von allem erfährt; keiner wird sich weigern mir die Hand zu drücken, alle werden mich aufnehmen, alle werden mich besuchen. Die meisten werden mich bedauern, die allerwenigsten verächtlich finden. Aber selbst diese Wenigen werden in ihrem Benehmen gegen mich nichts ändern. — Weshalb also in dieser Welt sich bestreben, ein Ehrenmann zu sein.

Herbeck.

Um des eigenen Gewissens willen, denn das ist das Höchste. — Im Uebrigen lag ja leider viel Wahrheit in Ihren Worten. Ja, die Logik unserer heutigen Gesellschaft ist grundfalsch und verderbt bis in ihre tiefsten Tiefen. So weit geht es, daß man jetzt, um einen Menschen in der Gesellschaft zu beurteilen, nicht mehr darnach fragt, wie ist sein Charakter, sondern nur mehr, was hat er für Manieren.

Roeder.

O ich bin unglücklich! Ich wollte .... Ah weg mit diesen Gedanken! Kehren wir zur Gesellschaft zurück.

Dritter Aufzug.

Es ist tief in der Nacht, die Soiree bei Roeders neigt ihrem Ende zu. Dieselbe Scene wie im vorigen Akte. Im rückwärtigen Salon befindet sich eine große Anzahl der Gäste. Wenn der Vorhang in die Höhe geht, hört man Stimmengewirr. Nach einigen Augenblicken tritt dann Frau Roeder in den Vorderraum, indem Diener die Portieren, die diesen vom Hinterraum trennen, auseinanderziehen.

1. Scene.

Auf den Ruf Frau Roeders: „Treten Sie doch, bitte, hier ein, meine Herrschaften, es ist hier bei weitem nicht so warm," kommen allmählich alle Gäste in den Vorderraum. v. Bötzow tritt mi der Baronin Hanau als erster ein.

Bötzow (Baronin Hanau am Arm).

Uff! — da ist es doch wenigstens etwas kühler. Daß doch bei allen Gesellschaften eine so fürchterliche Hitze herrscht! In keinem Hause versteht man es, eine gute Ventilation herzustellen.

Baronin.

Wie finden Sie es denn in meinen Räumen?

Bötzow.

Eben wollte ich es sagen, Ihr Haus ist das einzige, wo man sich wahrhaft befindet, wie in einem Tannenwald.

Baronin.

An einem bedrückend schwülen Sommerabend, würden Sie sicherlich noch hinzufügen, wenn Ihnen nicht der Höflichkeitsteufel den Mund verschließen würde.

Bötzow (lachend).

O Sie anbetungswürdiger Seligkeitsengel, Sie werden den Bösen vertreiben und .... denn so lange die Höflichkeit zwischen zweien noch unumschränkt herrscht, da kann .....

Baronin.

Still! Schweigen Sie, Sie Sünder! .....

Bötzow.

O bitte ...... (Ihr Gespräch wird vom Gesellschaftslärm übertönt; sie verlieren sich unter die Menge.)

Irene.

Das thust Du nicht, Lilli!

Lilli.

Wie selig er Hilda anblickt, wie heiter sie ist. Man scherzt, man lacht, wohl vielleicht über mich ... Nein, nein, das ertrage wer kann.

Irene.

Sprich noch einmal mit ihm, ich beschwöre Dich.

Lilli.

Ich kann nicht.

Irene.

Ich flehe Dich an.

Lilli (nach einiger Ueberlegung).

Nun gut, ich will es thun (Sie geht nach rückwärts).

Irene (bei Seite).

O Himmel!

Streewitz (tritt zu ihr).

Was ist Ihnen, Sie sind ja ganz bleich.

Irene.

Das Aergste steht zu befürchten, Lilli will alles verraten.

Streewitz.

Das müssen Sie verhindern.

Irene.

Ich habe alles versucht, doch vergebens.

Streewitz.

Dann will ich selbst mit ihr sprechen.

Irene.

Thun Sie es nicht um Gotteswillen, sonst weiß sie ja auch, wen ich liebe, was ihr ja, Gott sei Dank, bis jetzt verborgen ist.

Streewitz (daraufhin seine Miene ändernd, beruhigt).

Ach so! — das ändert allerdings alles; dann müssen wir abwarten; . . . . (Er bemerkt Frau Roeder.) Verzeihen Sie, man beobachtet uns. (Er nähert sich Frau Roeder, Irene sieht ihm kopfschüttelnd nach).

Hardy (auf Irene zutretend).

Verzeihen Sie Fräulein, haben Sie vielleicht den Cotillon noch frei?

Irene.

Hier meine Karte.

Hardy (auf Irene zutretend).

O schon besetzt. — Wie? Mit Herrn Professor

Herbeck! Drängt sich das Alter zwischen die Jugend! — Gestatten Sie, daß ich den Herrn Professor ersuche, daß er mir den Tanz überläßt?

Irene.

Bitte ....

Hardy.

Herr Professor! (Herbeck tritt zu ihm). Sie haben den Cotillon mit Fräulein Geran .....

Herbeck (mit komischem Pathos).

Und wehe dem, der mich von ihr trennen will.

Hardy.

Pardon! — Dann habe ich keine Hoffnung. Mein Fräulein ..... (sich verbeugend, ab, Irene nickt).

Herbeck.

Es liegt mir sehr viel daran, mit Ihnen zu tanzen. Ich habe Ihnen mancherlei zu sagen.

Irene (theilnahmlos).

Ah!

Herbeck (nach kurzem Schweigen).

Sie scheinen zerstreut, ja mehr .... Sie sprachen eben mit Fräulein Vernon, (Irene beißt sich in die Lippen) hat sie vielleicht auch Ihnen ....? (Die Musik beginnt zu spielen, man hört eine laute Stimme: „Der Cotillon beginnt!")

Irene (sich beherrschend, harmlos).

Was denn?

Herbeck (Irene scharf betrachtend, gezogen).

Nichts, nichts .... Kommen Sie!

Irene (zu Hilda die eben hinter ihnen steht).
Hilda wollen wir vis-à-vis sein?

Hilda.
Woran denkst Du denn, Irene? Bei Cotillon!

Irene.
Ja, so. (Man hörte schon früher Geräusch von sich Erhebenden und sah viele zu Doktor Roeder eilen; Stimmen werden jetzt auch laut.)

Bötzow.
Ja, Roeder, Sie müssen den Cotillon arrangieren.

Hardy.
Keiner kann es, wie Sie.

Roeder.
Ach Sie schmeicheln mir, wahrhaftig ich könnte nicht, besonders heute, ich bin etwas heiser.

Baronin.
Ach Ausflucht, mutig ins Feuer!

Roeder.
Frau Baronin! . . . .

Baronin.
Frau Roeder, helfen Sie uns, Sie versprachen doch vorhin, Ihr Herr Gemahl werde arrangieren.

Sophie.
Ludwig, da es Deine Gäste wünschen. —

Roeder.
Ist es denn wirklich . . . . ?

Die Meisten.
Ja, ja, wir bitten alle darum.

Roeder.

Nun denn, ich arrangiere.

Sophie (bei Seite).

Gott sei Dank!

Roeder (mit lauter Stimme).

Auf zum Cotillon, meine verehrten Damen und Herren! (Alle paarweise ab, mit Ausnahme von Sophie und Streewitz).

2. Scene.

Sophie, Streewitz.

Streewitz.

Wollen Sie nicht ein wenig ruhen, Sie sind doch sicherlich müde von der Erfüllung Ihrer Pflichten als Hausfrau.

Sophie.

Sie haben Recht, wir wollen uns während des Cotillon hier niedersetzen. (Pause.) Sie sind heute sonderbar, lieber Graf, bald überschäumend heiter und gesprächig, bald wieder in ernstes Denken versunken, und betrübt. — Wer unter Thränen plötzlich lacht, hat eine vergiftete Phantasie. — Womit beschäftigt sich die Ihre?

Streewitz.

Ach, ich wollte, Sie wüßten's.

Sophie.

Nun dann sagen Sie mir es doch.

Streewitz.

Sie scherzen. Das bringe ich ja eben nicht zu Stande. Es giebt Dinge, die gedacht ganz harmlos erscheinen, doch die sehr leicht, einmal ausgesprochen uns in erschreckender Gestalt entgegentreten. Ich fürchte, was ich Ihnen anzuvertrauen habe ist derart.

Sophie.

Seid wann sind Sie so ängstlich, lieber Freund, seit wann bedarf es der Scheu mir gegenüber?

Streewitz.

Ja. — Und doch, trotzdem ich mich den ganzen Abend bemühe, ich kann kein Wort davon über die Lippen bringen. — Sophie, liebst Du mich voll und wahr? Vertraust Du mir unbedingt?

Sophie.

Wolltest Du mich das fragen?! Ich glaube ich habe es an Beweisen nicht fehlen lassen.

Streewitz.

Du fühlst Dich verletzt, bei Gott ohne Grund. Ich weiß, daß Du mich liebst, aber ist denn Liebe und unbedingtes Vertrauen völlig eins? Ja, giebt es überhaupt unbedingtes Vertrauen, solches, dem auch der stärkste Schlag keine Lücke beibringen kann, wo der Zweifel Eingang findet?

Sophie.

Gewiß, ja! Du weißt Geliebter, ich bin ganz Dein und was Du forderst, geschieht.

Streewitz (galant).

Ah! Ein Mann hat dem geliebten Weibe gegenüber nie zu fordern, nie zu wünschen; er darf vor sie nur als Bittender hintreten.

Sophie.

Wohl, was immer Du bitten magst, es ist im Voraus gewährt.

Streewitz.

Nun denn, so höre: Ich ertrage es nicht länger, Dich an der Seite dieses Mannes zu sehen; jedes liebe Wort, das er an Dich richtet, trifft mich wie ein Pfeil. — Ich frage Dich deshalb: Bist Du bereit, wenn ich es eines Tages von Dir verlange, mir zu folgen?

Sophie.

Du forderst viel — doch Du hast mein Wort. — Wann soll ich weg?

Streewitz.

Wir können uns nicht eher verbinden, als bis mein Ziel erreicht ist — und dazu bedarf es Deiner Hilfe.

Sophie.

Ich habe mich immer gefreut, Dir nützlich sein zu können; worin kann ich Dir beistehen? (Streewitz zaudert). Sage es freimütig!

Streewitz.

Ja, ich will es. — Sieh, Du hast die idealen Zwecke unserer Partei schon mehr als einmal durch großmütige Spenden gefördert und Dir dadurch, sei dessen sicher, ein großes Verdienst um die Menschheit erworben. Doch nun, nun steht es sehr schlimm um uns, ja alles ist verloren, wenn nicht neuerlich beträchtliche Geldsummen aufgebracht werden, unsere Sache zu halten, denn die gegnerische Agitation ist jetzt sehr stark. Wozu das Geld?

Warum nicht unsere Ziele und Pläne allein genügen, um uns Anhänger zu erwerben? Warum wir so arg materieller Mittel bedürfen zu so idealen Zwecken? Mein liebes Kind, das ist leicht erklärt: das Große wird schwer von der Menge erfaßt und insbesondere im Entstehen ist eine geniale Idee gewöhnlich nur dem Finder völlig klar. Man kreuzt deshalb unsere gewaltigen Pläne. Und so traurig ist die Lage, daß sogar meine Stellung äußerst bedroht erscheint.

Sophie.

Die Gerüchte sind also nicht erlogen?

Streewitz.

Sie werden sich bewahrheiten, wenn nicht im letzten Augenblick ein vom Himmel gesandter Engel uns Hülfe leistet. Kann ich jetzt die nötigen Mittel aufbringen, um mich noch einige Zeit zu halten, dann ist alles gewonnen, dann ist die Verwirklichung unserer Idee möglich, ja sicher. Dann wird den Menschen jenes goldene Zeitalter leuchten, von dem die Propheten sprechen. Wenn jedem einzelnen von frühester Jugend der Glaube in Herz und Geist gepflanzt wird, dann kann schwer jemand in Zukunft innere Leere empfinden, und das künftige Geschlecht wird frei sein von jener Krankheit, durch die unsere Zeitgenossen unglücklich sind. — Sieh, das alles kannst Du bewirken. Es ist ein großes Werk, das Deiner harrt, es würde Deinen Namen unsterblich machen.

Sophie.

Wie groß müßte die Summe sein, die Euch retten könnte?

Streewitz.

Sie ist enorm. (Er nennt sie ihr leise; nur für Streewitz hörbar).

Sophie.

Gott — das ist ja ein großer Teil meines Vermögens.

Streewitz.

So schwindet meine letzte Hoffnung.

Sophie.

Noch habe ich kein Nein gesagt. — Nur denke ich . . .

Streewitz.

Du denkst die Quelle sei nicht lauter genug, als daß sie gutes bringen sollte; Geld aus Frauengunst — nein, Du hast Recht — vergiß alles, was ich gesagt.

Sophie.

Dann fällst Du aber und mit Dir Deine Idee. Wirst Du es ertragen?

Streewitz.

Was liegt an mir? Allein die Menschheit, sie wird wieder um ihr Glück betrogen. Von Neuem wird Gottlosigkeit gepredigt werden, wieder wird man sich an dem Erhabensten vergreifen, es zerstören und dann mit Hohnlachen in alle Welt hinausschreien, daß es gar nichts Erhabenes giebt, daß nichts wahr ist, als das Laster. — O daß ich sie vernichten könnte, diese Körper ohne Seele, daß ich den Auserwählten Gottes zum Sieg verhelfen könnte! — Hätt' ich dies große Werk vollbracht, dann erst würde ich glücklich sein und mich würdig fühlen der Liebe des herrlichsten Wesens, dann erst würde ich im Genusse keine Sünde sehen, denn ohne Arbeit giebt es keine Ruhe. — Sophie! (Er ergreift ihre Hand).

Sophie (nach einer kurzen Pause).

Ich bin bereit. — Ich erwerbe uns die Unsterblichkeit um ein Nichts.

Streewitz.

Gerettet! Erhabener Gott, ich danke Dir. Bedenken, kann es noch welche geben?! Nur ein Wahnwitziger versucht auf geradem Wege einen hohen Berg zu erklimmen, der Kluge nimmt den gewundenen. — Mit Sicherheit der Spitze zu! Und ist sie einmal erreicht, dann, Sophie, bist Du die Frau des größten Mannes im Staate, und ich der Mann der größten Frau.

Sophie.

O der herrlichen Zeit! — Ich kämpfe für Deine hohen Ziele; und nimm meinen Dank, daß Du mich zur Mitkämpferin ersehen, daß Du mich an dem großen Werk teilnehmen läßt. — Ich habe mein ganzes Kapital auf Deinen Rat in Renten liegen; alles steht noch in dieser Stunde zu Deiner Verfügung. — Nimm was Du willst, ich bin ganz Dein.

(Kleine Pause).

Streewitz.

Still, Geräusch, man soll uns nicht beisammen sehen. — Noch eins, sei vor der Hand gegen Deinen Gatten nicht allzu schroff, Du mußt mit dem Bruch noch warten, jetzt wäre er verfrüht. Auf Wiedersehen! (Ab.)

3. Scene.

Sophie allein; später Roeder.

Sophie (allein).

Warum wohl? — Nun ja, der Skandal könnte dem Werdenden schaden. (Roeder tritt ein.) Ludwig Du? Ist denn der Cotillon schon zu Ende?

Roeder.

Nein, ich habe das Arrangement an den Balletmeister abgegeben, denn es hielt mich nicht länger drinnen. — Ich habe Dein Fehlen bemerkt — und nicht Deins allein.

Sophie.

Nun? — Ja, ich unterhielt mich während des Cotillon hier mit Graf Streewitz. — Du bist doch nicht etwa gar eifersüchtig?! — Aber Ludwig, wer wird so mißtrauisch sein. Meine Worte von heute morgen waren doch nicht ernst gemeint. (Roeder schweigt.) Komm, gieb mir Deinen Arm, gehen wir zur Gesellschaft!

Roeder.

Ich will mit Dir allein sein.

Sophie.

Morgen gehöre ich Dir, solange Du es wünschst — Tag und Nacht — doch jetzt — sieh Ludwig — jetzt ist doch nicht die Zeit zu einem tête-à-tête. — Komm!

Roeder.

Nein, ich bleibe — und Du auch.

Sophie.

Aber wenn ich Dich bitte, bei meiner Liebe bitte ....

Roeder.

Bei Deiner Liebe! — ha ha ha! — Bei Deiner Liebe zu mir oder zu jenem anderen?

(Von hier bis zum Schluß der Scene wird das Gespräch in unterdrücktem Tone geführt.)

Sophie.

Du willst, wie es scheint, die Scene von heute morgen wiederholen.

Roeder.

Ja, ja, ich will Dir wiederholen, daß Du eine .....

Sophie (ihm ins Wort fallend.)

Schweig, provociere keinen Skandal — jetzt vor allen Leuten!

Roeder.

Was frage ich nach all' den Leuten!

Sophie.

Aber ich. Es mag vielleicht in Deiner Sphäre Brauch sein, Ehestreitigkeiten vor aller Welt auszutragen und auf die Form keine Rücksicht zu nehmen; in der unsrigen ist man dazu verpflichtet. Und deshalb ... (sie will gehen, Roeder vertritt ihr den Weg).

Roeder.

In der Eurigen ist es wohl auch Sitte, daß die Frauen dem Gatten die Treue brechen.

Sophie.

In unserer Sphäre ist es Sitte, daß man diejenigen nicht beleidigt, denen man alles schuldet. Und Du, Du schuldest mir alles. — Was warst Du bevor ich Dich geheirathet? Ein armer Schlucker, ein Mann nirgends reçu, ohne Verkehr, ohne Geld, kurzum Du zähltest zum geistigen Proletariat. Jetzt giebst Du die glänzendsten Gesellschaften und genießt das Leben in vollen Zügen. Und wodurch die ganze Aenderung? Durch mich! Mit meinem Gelde schwelgst Du in Reichtum und Ueppigkeit — und wagst nun mir gegenüber den strengen Herrn spielen zu wollen? Wagst mich zu beleidigen, ja eine Elende zu nennen? — Schäme Dich, Undankbarer!

Roeder.

Sophie!

Sophie.

Da hast mich gereizt. Wenn Du nie die Wahrheit hören willst, so darfst Du auch nie jemanden reizen.

Roeder (mit Abscheu).

Ah! Ich verachte Dich!

Sophie.

Nun, ich zwinge Dich ja nicht, weiter an meiner Seite zu bleiben, zwinge Dich nicht, das große Leben mit meiner Hilfe weiterzuführen. — Verlasse mich doch, gieb wieder Unterricht wie früher. Ich bedarf Deiner nicht mehr, ich habe Dich bereits völlig kennen gelernt und weiß genug. — Geh, Du bist frei; ich werde zu jeder Stunde in eine Scheidung willigen.

Roeder.

(Nach einigen sprachlosen Augenblicken, wo er vor Zerknirschung keine Antwort finden kann, gepreßt:)

Ich suche nach Worten — ich finde keine Bezeichnung . . . .

(Lilli tritt ein.)

Sophie.

Um Gotteswillen, schweige jetzt!

4. Scene.

Roeder; Sophie; Lilli; später Ernst.

Sophie (gezwungen).

Es setzt Sie wohl in Erstaunen, uns die Wirte, ein Ehepaar, hier im tête-à-tête zu finden. Meinen Mann hat das Arrangieren so angegriffen, daß er einen kleinen Hustenanfall bekam.

Lilli.

Ach wie bedauerlich! Ist Ihnen jetzt schon etwas besser, Herr Doktor?

Roeder.

Besten Dank, mein Fräulein, das Aergste ist bereits vorüber.

Lilli.

Sie sehen aber noch sehr blaß aus. (Ernst tritt hinzu). Denken Sie sich, Herr Doktor Roeder ist etwas unwohl.

Ernst.

Doch nichts Arges, Ludwig?

Sophie.

Es ist bereits nahezu gut. — Wir wollen auch zu den übrigen Gästen. Unser Fehlen könnte bemerkt werden. Sie, Fräulein Vernon, lassen wir ja in guter Gesellschaft zurück. — Komm Ludwig! (Sie nicken und gehen ab; Doktor Roeder hat seiner Frau zögernd den Arm gegeben).

5. Scene.

Ernst. Lilli.

Ich habe Sie gesucht, Fräulein Vernon, da mich — ich muß Ihnen gestehen, ich staune darüber — da mich meine Schwester gebeten hat, mit Ihnen zu sprechen.

Lilli.

Allerdings, ich habe Ihnen noch einiges zu sagen, und Ihre Schwester . . . . .

Ernst.

Gleichviel. Offenbar haben Sie die nochmalige Unterredung gewünscht, um wieder auf unser früheres Gespräch zurückzukommen. Es ist mir angenehm, daß ich dadurch Gelegenheit finde, Ihnen zu sagen, daß ich alle Ihre Reden von vorhin für eitle Drohung halte. — Wissen Sie aber wirklich etwas von mir, was, wie Sie glauben, mich vernichten könnte, posaunen Sie es rücksichtslos in alle Welt hinaus, ich werde Sie daran nicht hindern. Ich bin nicht gesonnen, Ihnen ein wie immer geartetes Schweigegeld zu zahlen, um durch Verheimlichung der Wahrheit die Achtung meiner Mitmenschen zu erschleichen. Ich will durch keine Lüge stehen, denn so hoch ich die Achtung der Gesellschaft schätze, die Selbstachtung gilt mir denn doch noch mehr. — Sprechen Sie also, wenn ich nicht das Schlechteste von Ihnen denken soll.

Lilli.

Wohlan denn! Da Sie so mutig sind, will ich Ihnen alles offenbaren: Ihre Schwester hat diese nochmalige Unterredung mit mir deshalb gewünscht, weil sie sich vor der Bekanntmachung des Geheimnisses fürchtet.

Ernst.

Wie soll ich das verstehen?

Lilli.

So, daß Irene das thatsächlich ist, wofür Sie mich vorhin mit Unrecht angesehen, daß Ihre Schwester eine . . .

Ernst (in höchster Wut).

Vollenden Sie!

Lilli (leise ihm ins Ohr).

. . . . . . Eine Courtisane ist.

Ernst.

Ich habe nichts gehört, ich habe Sie falsch verstanden! Und doch nein, es war keine Täuschung, Sie sprachen es aus; Sie haben es gewagt, meine Schwester, meine gute, liebe, engelsreine Irene zu beschimpfen. Ja wissen Sie denn nicht, daß Sie sich glücklich schätzen könnten, wenn Sie auch nur ein Hundertteil von ihren Vorzügen hätten, wenn es Ihnen nur möglich wäre, die Reinheit dieser schönen Seele zu erfassen. O pfui, wie verdorben müssen Sie sein, bis in ihr Innerstes, wenn Sie ein Herrliches, das Sie sehen, statt zur Bewunderung und Nachahmung, nur zum Neid und zur gemeinen Schmähsucht anregt. Verläumdung! Bis zur Raserei hasse ich dieses gemeine Laster. Ah, ich will sie vernichten, wo ich sie finde. Und die feige Creatur, die sich ihrer bedient, die werde ich zu strafen wissen. Seien

Sie sicher, ich werde dafür sorgen, daß diese Gesellschaft von einer Unwürdigen befreit wird. (er geht rasch ab.)

Lilli (bleibt, nachdem er fort, einen Augenblick wie versteinert stehen, dann richtet sie sich plötzlich auf und ruft ihm in höchster Wut nach.)

Dann wird man Fräulein Geran aus dem Salon weisen müssen!

6. Scene.

Lilli; dann v. Bötzow.

Lilli (allein).

Das war zu stark, das soll er büßen!

(Bötzow kommt auf sie zu).

Bötzow.

Sie scheinen aufgeregt, mein Fräulein.

Lilli.

Ich bin es auch. Ein Mensch, der eigentlich gar nicht das Recht hätte, in dieser Gesellschaft zu sein, hat es gewagt, mich in unerhörtester Weise zu insultieren.

Bötzow.

Nennen Sie mir seinen Namen. Er soll kein zweites Mal eine Dame beleidigen.

Lilli.

Der Bruder einer Courtisane!

Bötzow.

Ist's möglich, hier? Wer ist es?

Lilli.

Herr Geran!

Bötzow.

Sie scherzen nicht! Unglaublich! Das reizende Fräulein Geran wäre ..... (Es treten allmählich die meisten der Gäste ein: das Gespräch wird leise fortgeführt).

Lilli.

Es ist wie ich Ihnen sagte; ich habe die Beweise in der Hand.

Bötzow.

Ah!

(Sie verlieren sich unter die Gäste).

7. Scene.

Ein Teil der Gäste; in den Vordergrund treten: Baronin Hanau, am Arm von Salingen jun.; hernach auch Herbeck; Streewitz; Dir. Salingen; Hardy.

Baronin.

Glauben Sie nicht, daß es amüsant wäre?

Salingen jun.

Gewiß ... o sicherlich; doch es könnte leicht zu heftigen Erregungen führen.

Baronin.

Das ist es ja auch, was ich hoffe. Wenn es gelingt, Herbeck und den Minister in eine politische Debatte zu verwickeln, dann gäbe es vielleicht eine Explosion. Ach das wäre ein herrliches Schauspiel, verhelfen Sie mir dazu!

Salingen jun.

Meine Gnädigste — wie könnte ich .... Bedenken Sie doch! ....

Baronin.

Ach wer bedenkt, kommt nie zum Genuß. Ich hasse alle Ruhe, nur das Bewegte ist schön. Erregung, Streit, ein klein wenig Skandal, das ist unterhaltend, das hat Reiz, das macht das Leben aus, macht es lebenswert.

Salingen jun.

Glauben Sie nicht, daß auch das Maßvolle ....

Baronin.

Maß, um Gotteswillen, nennen Sie das Wort nicht! Sie sind jung und kennen es bereits! — — O Sie Aermster! Nur der ist glücklich, der es nicht kennt, denn nur der ist frei. — Herr Professor .... (zu Herbeck, der in der Nähe steht).

Herbeck.

Frau Baronin! —

Baronin.

Sagen Sie doch! Wird denn eigentlich die confessionelle Schule durchdringen?

Herbeck.

Ei, beschäftigen Sie sich auch mit Politik?!

Baronin.

Nach Frauenart, das heißt zuweilen. So habe ich par exemple trotzdem ich mich lebhaft für die Schulfrage interessiere, Ihre schönen Reden im Parlament nicht gelesen. (zu Streewitz gewendet). Auch die Ihren leider nicht, Excellenz. Sie dürfen mir das nicht übel nehmen. Ich hatte die feste Absicht es zu thun. Doch sehen Sie, als ich damals gerade die Zeitung zur Hand nahm, kam, als ich eben begonnen hatte, meine Schneiderin, brachte entzückende Modelle aus Paris -- und ich kam dann nicht mehr dazu. Sie lächeln, das ist eben bei uns Frauen einmal so. Bei der Frau bedingt ja da auch eine Toilette oft das ganze künftige Schicksal. Nicht wahr, Excellenz?

Streewitz.

Sie schreiben also die Eitelkeit auf Ihr Panier?

Baronin.

Gewiß. — Doch um auf unser früheres Thema zurückzukommen, sagen Sie doch, lieber Herr Professor, weshalb wünschen Sie denn eigentlich nicht, daß die confessionelle Schule zu Stande kommt?

Herbeck.

Ach, schöne Frau, verlangen Sie von mir jetzt keine politischen Erörterungen.

Baronin.

Sehen Sie, so machen sie es alle. Bitten wir Frauen um Belehrung, dann verweigert man sie uns und später wirft man uns unsere Unwissenheit vor. — Doch ich bitte Sie, seien Sie nicht auch so ungerecht und klären Sie mich ein wenig auf! — Warum finden Sie es denn nicht gut, wenn den Kindern schon in der frühesten Jugend die erhabenen Glaubenslehren der Kirche von Berufenen eingeprägt werden?

Herbeck.

O dagegen bin ich nicht, mag man immerhin den Kindern Religion einprägen, mag man sie zum Glauben erziehen, dagegen bin ich nicht. Aber ich bekämpfe jenen Kirchengeist, der ein grundsätzlicher Feind aller humanistischen Bildung, mit seinen starren Doktrinen jede Denkthätigkeit ersticken will und dessen Glückseligkeitstheorie auf dem Spruch basiert: „Selig sind die Armen im Geiste.“ Dieser Hauch ist es, der in der confessionellen Schule wehen soll. Wenn die Priester das Herz zum Glauben erziehen wollten, Religiosität bewirken — des Geistes, dann wäre ja eine klerikale Schule vielleicht ein Heil. Dann würde sie möglicherweise mit der Zeit jenen Stillstand erzeugen, der Frieden bedingt und die Menschen in Ruhe wiegt. Für wen Ruhe alles ist, der wäre dann glücklich. — Aber solange die Mönche in ihrer Härte und Streitsucht jedem guten Herzen Abscheu erregen müssen, solange sie durch Starrheit und veraltete Form ihrer Lehren nicht günstig auf den Geist einwirken können, solange kann ich mich nimmer dazu entschließen, den Vätern zuzumuten, ihr Liebstes, ihre Kinder, jenen anzuvertrauen, die deren jugendlichem freien Gemüt ein Mönchskuttlein umhängen wollen.

Baronin.

Bravo, bravo Professor. (zu Streewitz gewandt) Ah Excellenz, ich muß Ihnen gestehen, Sie scheinen mir völlig geschlagen. Was Sie mir früher sagten, schien mir keineswegs so einleuchtend. Ich bin überzeugt, Sie können nichts gegen die Worte des Professors vorbringen.

Streewitz.

(bei Seite) Sie ist einflußreich, ich muß sie wiedergewinnen. (laut) Hüten Sie sich vor den Irrlehren der Atheisten!

Baronin.

Professor Herbeck Atheist?

Herbeck.

Ich? Niemals.

Streewitz.

Alle, die die Vernunft einzig und allein zu ihrer Gottheit erheben, sind Atheisten; denn das Göttliche ist nur der Glauben. Das Vernünftige ist nicht immer das Gute. Die Vernunft, das Raisonnement führt auch oft zum Verbrechen, der Glaube stets zu Gott. Und darum ist es das Erste und Größte, den Menschen einen festen Glauben zu geben; das ist die Vorbedingung des Glückes, weil es die Vorbedingung der Tugend ist; und nur wer Glauben in sich hat, besitzt einen festen moralischen Halt. — Ja, im Atheismus wurzeln alle bösen Leidenschaften und Laster, wurzelt der Socialismus, wurzelt die Anarchie. Jeder Atheist ist ein Reichsfeind, denn jeder Atheist muß folgerichtig Republikaner sein.

Herbeck.

Ich bin kein Atheist, und wir alle nicht, wir Antiklerikalen.

Streewitz.

Alle sind es, die uns befehden; uns, die wir der heiligen Schrift gemäß wirken. Nur wir gehorchen den Forderungen des Glaubens.

Herbeck.

Auch wir haben einen Glauben.

Streewitz.

Der Glaube, der sich nicht offenbart, ist kein Glauben. Sie stehen unter dem Banne des Atheismus, kämpfen gegen Ihr göttliches und irdisches Haupt.

Herbeck.

Das ist die große Lüge, mit der Sie uns beim Thron verhaßt zu machen suchen. Aber es wird Ihnen nicht gelingen! Schon kommt in raschem Anzug die Zeit heran, wo man zu erkennen beginnt, daß der antiklerikale Liberalismus patriotisch ist und königstreu. Unsere Liebe zum Fürsten nimmt ihren Weg nicht über Rom, wie die der Ihren. Unsere Treue für den Monarchen entspringt nicht, wie die der Junker, einem selbstklugen Egoismus. Der hohe Adel steht und fällt mit dem Königtum, dies die Quelle seiner Treue. Wir sind treu, weil wir in der konstitutionellen Monarchie die einzig heilbringende Staatsform erblicken und im Könige denjenigen verehren, der ihre Spitze ist. — Ich schwöre Ihnen, ich würde für meinen König mein Herzblut mit Freuden hingeben, wenn es die Umstände erforderten. Und nicht ich allein, wir alle, wir Volksfreunde, denn unsere Liebe zum Könige ist selbstlos. — O man soll uns nicht länger verläumden, man soll . . . (Bei den letzten Worten dringt aus den Nebenräumen so starker Lärm, daß Herbeck sich genötigt sieht, seine Rede abzubrechen. Nachdem er zu sprechen aufgehört, wird der Lärm noch stärker, alles wendet sich nach rückwärts, woher er zu kommen scheint).

Baronin.

Was soll denn geschehen sein? (kurze Pause).

Herbeck.

Ich glaube die Stimme Gerans und Bötzows zu hören. (Der Lärm ist bereits ganz nahe; man beginnt die Stimmen unterscheiden zu können. Man hört Ernst rufen: „Das ist infam.“ Bötzow erwidert mit lautem höhnischem Lachen. Gleich darauf treten Ernst und Bötzow nebst der ganzen übrigen Gesellschaft ein).

8. Scene.

Sämmtliche Gäste und das Ehepaar Roeder.

Bötzow (zu Ernst).

Ich würde Ihnen raten, Ihren Stolz etwas zu dämpfen, er gebührt Ihnen in guter Gesellschaft keineswegs.

Einige Stimmen.

Aber meine Herren .... Hier ist nicht der Ort! ....

Ernst.

Sie sind ein impertinenter Verläumder, der verdient, öffentlich gebrandmarkt zu werden. — Revocieren Sie!

Bötzow.

Ich bleibe bei dem, was ich gesagt.

Ernst.

Sie wagten es also zu behaupten, meine Schwester sei. (Vermittelnde Stimmen) Ich kann nicht an mich halten. — Sie werden mir Genugthuung geben!

Bötzow (geringschätzig).

Meinetwegen.

Ernst.

Das genügt. Lassen Sie uns gehen. (Stimmengewirr).

Lilli (von einer plötzlichen Angst um sein Leben erfaßt).

Nein bleiben Sie! (sie eilt auf ihn zu).

Ernst.

Was wollen Sie?! (er will fort).

Lilli.

Sie dürfen sich nicht schlagen.

Ernst (reißt sich von ihr los).

Lassen Sie mich!

Lilli (tritt ihm in den Weg; in höchster Erregung). Herr Bötzow sprach die Wahrheit.

(Schrecken und Staunen der Umstehenden.)

Ernst.

Unmöglich! — Lüge! (Er will fort.)

Lilli.

Ich schwöre es Ihnen. — Bleiben Sie!

Ernst.

Irene! —

Herbeck.

Machen Sie doch der Scene ein Ende, ich bitte Sie.

Roeder.

Vor aller Welt .... bedenken Sie doch, Ernst.

Ernst (außer sich).

O, hier ist nichts mehr zu bedenken. Jetzt schweigen hieße Irenens Ruf für ewig vernichten. — Irene, leiste hier vor aller Welt den heiligsten Eid, daß man Dich verläumdet. Dem wird man doch hoffentlich Glauben schenken, sonst gäbe es ja nichts mehr, womit man sich gegen gemeine Anschuldigungen schützen könnte.

Streewitz.

Es zweifelt ohnehin Niemand. — Seien Sie überzeugt! — Machen Sie ein Ende!

Sophie.

Ich bitte Sie, um Gotteswillen ....

Ernst.

Gut denn! Revocieren Sie, Herr von Bötzow, und leisten Sie Abbitte — hier vor Allen.

Bötzow.

Nimmermehr.

Salingen und Andere (zu Bötzow).

Wo soll das hinaus! .... Bedenken Sie! .... Es ist das Beste, Sie revocieren.

Bötzow (aufgebracht).

Meine Herren, Fräulein Vernon hat geschworen.

Ernst.

Irene, sprich! (Pause.)

Irene (nach Fassung ringend).

Fräulein Vernon hat gelogen, mich meiner Ehre schändlich beraubt.

Ernst (voll Wuth).

Sie ist eine Elende.

Lilli (empört).

Das ist nicht wahr, hier der Beweis. (sie zeigt einen Brief.)

Bötzow.

Ah! — Ich bitte Sie darum.

Ernst.

Geben Sie ihn mir.

Lilli (den Brief Ernst gebend).

Hier!

Bötzow.

Nun werden Sie ihn sicherlich verbergen.

Ernst.

Alle mögen ihn hören, ich werde ihn vorlesen.

Lilli (von Reue ergriffen, leise zu Ernst).

Thun Sie es nicht! O ich Unglückselige!

Hilda (zu Herbeck).

Vater!

Herbeck.

Ersparen Sie doch allen diesen peinlichen Auftritt.

Ernst.

Jetzt muß ich sprechen, die Ehre meines Namens steht auf dem Spiel. Verzeihen Sie, ich werde Ihre Güte nicht lange in Anspruch nehmen.

Irene (leise zu Ernst).

Sag', er ist gefälscht — Erkenne um Gotteswillen nicht meine Schrift an.

Ernst (leise).

So wäre . . . . .

Irene.

Ich will Dir alles erklären, nur zerreiße jetzt den Brief.

(Ernst fährt zusammen, doch richtet er sich bald mit aller Kraft auf).

Ernst (bestimmt).

Ich verlese ihn.

Irene (mit unsicherer Stimme).

Mir schwindet die Besinnung, weh mir!

(Sie sinkt, alles eilt zu ihr).

Streewitz.

Herr Doktor! lassen Sie es genug sein!

Irene (schlägt die Augen wieder auf).

Gieb mir den Brief, ich bitte Dich, den Brief!

Ernst (zerknirscht).

So enthält er Deine Schuld! — O Himmel!

(Große Pause.)

Ernst (schmerzvoll doch ruhig, zum Schluß mit bitterer Ironie. Er bringt anfangs die Worte mühsam hervor.)

Herr von Bötzow, ich bitte Sie wegen alles dessen was ich gesagt, um Entschuldigung. Ich verzichte auf die Genugthuung, denn Sie haben ja nichts gesagt, als die Wahrheit und die muß man hinnehmen. — Nein, keine Genugthuung, ich darf ja keine mehr fordern —, denn Sie haben doch jetzt ein Recht, mich zu verachten.

Der Vorhang fällt.

Vierter Aufzug.

Im Hause Gerans. Dasselbe Zimmer wie im ersten Aufzuge.

1. Scene.

Ernst sitzt an seinem Schreibtische und starrt mit ausdruckslosem Gesicht vor sich hin. Nach einigen Sekunden blickt er auf und seufzt. Er lehnt sich in seinen Stuhl zurück und scheint zu sinnen. Plötzlich richtet er sich auf und drückt auf die Klingel. Bald darauf erscheint ein Diener.

Diener.

Haben Sie geläutet Herr Doktor?

Ernst.

Ja. — Ist alles in Ordnung ausgeführt? Haben Sie meinen Brief im Ministerium abgegeben?

Diener.

Ja, Herr Doktor. Ich hätte auch die Antwort bereits übergeben, wenn Herr Doktor nicht ausdrücklich befohlen hätten, nicht zu stören, bevor Sie mich selbst riefen. Hier die Antwort, bitte. (Der Diener übergiebt einen Brief).

Ernst.

Es ist gut, Sie können gehen. (Diener ab). In welche Worte er wohl seine unzweifelhafte Antwort kleidet? — Ah, vom Baron Herms. (Er liest den Brief). Ich könnte mit Sicherheit darauf rechnen, daß mein Entlassungsgesuch bewilligt würde. — Nun, das märe ja erledigt.

Diener (anmeldend).

Fräulein Vernon!

Ernst.

Sie! — Sagen Sie dem Fräulein, daß wir bedauern. — Doch nein, ich lasse bitten. (Diener ab). Meine Schwester hat auf alle Fragen nur ein dumpfes Schweigen zur Antwort; Lilli ist die einzige, die mir Klarheit geben kann.

2. Scene.

Lilli; Ernst.

Lilli.

Dank, Dank, daß Sie mich empfingen; Sie handeln edel; edler, als ich es verdient.

Ernst.

Keineswegs.

Lilli.

Verhöhnen Sie mich nur, Sie haben ein Recht dazu. Was soll ich Ihnen zu meiner Entschuldigung sagen, wie soll ich Ihnen Genugthuung geben; ich fühle mich ja so schuldig. Könnten Sie in mein Inneres schauen, ich bedürfte keiner Worte. Dann würden Sie meine Reue und Verzweiflung sehen, dann würden Sie glauben, daß ich mein Leben freudig hingeben wollte, wenn ich alles ungeschehen machen könnte.

Ernst.

Sie haben mir nur einen Dienst erwiesen.

Lilli.

O daß ich gestorben wäre, eh' jenes häßliche Wort meinen Lippen entflohen. Ich hätte mich nie solch gemeiner Handlung fähig gehalten, aber was bewirkt nicht alles die Erregung; Ihre Worte hatten mich um die Besinnung gebracht. O glauben Sie mir, nur im Wahnsinnsschmerz, meiner selbst nicht mächtig, habe ich Ihnen diese fürchterliche Wunde geschlagen.

Ernst.

Sie übertreiben. Sie haben keine Schuld, ich bin Ihnen im Gegenteil zu Danke verpflichtet. Nicht Sie haben mir eine Wunde geschlagen. Sie haben mich nur auf eine wunde Stelle, die, ohne daß ich es wußte, an mir haftete, aufmerksam gemacht. — Das war gut von Ihnen.

Lilli.

Sie töten mich durch Ihre Ironie. — Sagen Sie mir, womit ich meine That sühnen soll, ich bin zu allem bereit. Giebt es etwas, womit ich Ihren Schmerz lindern kann, nennen Sie es mir und wenn es meine ewige Schande wäre, ich werde es gerne thun.

Ernst.

Ja, es giebt etwas, was mich beruhigen könnte und es liegt in Ihrer Macht, mir es zu reichen. Es ist nicht viel, was ich von Ihnen fordere, aber für mich ist es jetzt alles, was ich wünsche. — Sagen Sie mir die volle Wahrheit über Irene, alles, was Sie wissen, Alles; behalten Sie von dem bitteren Kelch auch nicht einen Tropfen für sich, es ist mir Bedürfnis, ihn bis auf den letzten allein zu leeren.

Lilli.

Ich habe Ihnen bereits alles gesagt, ich weiß nichts mehr.

Ernst.

Alle großen Worte verwandeln sich also in Nichts, wenn es zu Thaten kommen soll? Ihr Leben wollten Sie hingeben, wenn ich es verlange, aber . . .

Lilli.

Aber nicht Ihnen das Ihrige rauben, aber nicht Ihnen das Gift verabreichen, das Sie töten muß — das nicht, auch wenn Sie es von mir fordern.

Ernst.

Lassen Sie uns jetzt nicht mit Worten spielen. Ich muß Klarheit haben, muß sie haben. — Antworten Sie mir auf meine Fragen, ich flehe Sie an. (Lilli schweigt). Bei unserer einstigen Liebe beschwöre ich Dich!

Lilli.

Fragen Sie!

Ernst.

Woher haben Sie den Brief, den Sie mir gestern gegeben?

Lilli.

Von meiner Mutter, die die beste Freundin Ihrer Tante war.

Ernst.

Wie heißt derjenige, an den er gerichtet war?

Lilli.

Ich weiß es nicht.

Ernst.

Sie wissen es, ich bin dessen sicher.

Lilli.

Ich schwöre Ihnen, daß Sie im Unrecht sind. Glauben Sie mir! Ich verspreche Ihnen, nur die Wahrheit zu sagen.

Ernst.

Gut, ich will Ihnen nicht im geringsten mißtrauen, aber lassen Sie mich Ihnen die Wahrheit nicht tropfenweise erpressen, sondern erzählen Sie in einem Flusse die ganze unselige Geschichte.

Lilli.

Wie anfangen?! — O gräßliche Folgen!

Ernst.

Seit wann ist es, daß Irene .....

Lilli.

Bei Ihrer Tante hat es begonnen. Es war vor einem Jahre. Irene, des leeren Lebens im Hause Ihrer Tante überdrüssig, sehnte sich nach einem unbekannten Etwas, ich glaube, sie träumte von Freude und Genuß. Eines Tages kam zu dem Wunsche die Versuchung hinzu, und Sie wissen, diesen beiden gegenüber ist bei dem Weibe ....

Ernst (ihr ins Wort fallend, heftig.)

Auch die Sitte keine genügend starke Schranke, das ist nicht wahr. Nicht bei dem Weibe überhaupt .... O, Gott, daß es bei meiner Schwester sein mußte! —

O daß ich Gewißheit haben könnte, daß ich sie von ihr selbst haben könnte! — Seit heute morgen bemühe ich mich, durch Milde bald und bald durch Strenge die ganze Wahrheit von ihr zu hören. Nicht ein Wort kann ich erlangen. Es ist, als ob sie das Ereignis der Sprache beraubt hätte. — Und so beschwöre ich Sie also noch einmal, lassen Sie sich nicht von einer falschen Empfindsamkeit leiten und geben Sie mir den bittern Trank unvermischt. Halbe Wahrheit ist schmerzlicher als die ganze, wenn in der andern Hälfte der Zweifel unbenommen bleibt. — Sie wissen, Lilli, in dem Briefe — von gestern Abend — stand etwas über Geschenke, die Irene empfangen hätte. Was hat es damit für Bewandtnis? — Ich bin von so fürchterlichen Ahnungen erfüllt, ich glaube, wenn Sie mir das Aergste von dem mitteilen, was Sie wissen, ich werde mich von einer großen Sorge befreit fühlen. Gedanken über die plötzliche Erbschaft verbinden sich . . . . .

Lilli (aufschreiend).

Himmel, woran denken Sie!

Ernst.

Das klang ja fast wie ein Ja — Nein, nein, das kann . . . .

3. Scene.

Irene zu den Vorigen.

Ernst.

Irene! (Lilli fährt zusammen, als sie Irene erblickt, diese ist äußerst blaß).

Irene.

Ich habe gehorcht. — Ich habe die entsetzlichen Verdächtigungen gehört, die Du über mich ausgesprochen. O, Bruder, glaube mir, Du beurteilst mich zu hart, wenn Du mich zu solchem fähig hältst.

Ernst.

Nach dem, was Du gethan.

Irene.

Verführung, jugendlicher Leichtsinn. — Und es ist ja auch jetzt bereits alles zu Ende. Schon seit den drei Monaten, wo ich bei Dir wohne.

Ernst.

Gleichviel.

Irene.

Stoße mich jetzt nicht zurück. Sieh, ich habe mich von dem Geliebten getrennt, so wie ich zu Dir kam. Ich sah mein Vergehen ein und wollte sühnen, indem ich mein Liebstes opferte. — Und wie glücklich war ich, als alles so günstig ablief, nicht meinetwegen — ach, ich hätte die Schande ja gerne ertragen, denn ich habe doch Strafe verdient — aber um Dich bangte mir. O, ich zitterte oft am ganzen Leibe, wenn mir der Gedanke kam, Du könntest etwas erfahren. — Dein Schmerz thut mir weh. — Verzeihe, verzeihe!

Ernst.

Vielleicht läßt sich noch alles gut machen. Du sagtest Verführung. — Nenne mir den Namen des Elenden!

Irene.

Den Namen . . . . . den Namen?

Ernst.

Ja, daß ich ihn zur Rechenschaft ziehe.

Irene.

Ich kann nicht.

Ernst.

Du kannst nicht?! Weshalb?

Irene.

Er weilt ferne. Als ich ihm sagte, daß wir uns auf ewig trennen mußten, reiste er fort, weit weg, ich glaube nach Amerika — um Vergessenheit zu suchen.

Ernst.

Gleichviel, den Namen des Verführers!

(Irene schweigt).

Ernst.

Nun!

Irene (von einer Idee ergriffen).

Otto Balin!

Lilli.

Nun ist's zu viel. — Das ist nicht wahr.

Ernst.

Ah! — Irene . . . .

Irene.

Ja, Lilli hat Recht, verzeihe, verzeihe — ich habe einen falschen Namen genannt.

Ernst.

O pfui!

Irene.

Nein Ernst, nicht so. Bedenke, ich liebe ihn und hat er auch verführerische Mittel angewandt, so war es doch meine Liebe, die mich ihm in die Arme führte. — Und wenn ich ihn Dir nun nennte, würdest Du ihn töten. — O, das ertrüge ich nicht.

Ernst (nach kurzer Ueberlegung).

Lilli, glauben Sie daran. Offen . . . .

Lilli.

Nein. (Irene fährt zusammen).

Ernst.

Nun denn, Sie sehen wie die Dinge liegen. Halbe Wahrheit; ärgeres konnte mir mein Todfeind jetzt nicht wünschen. Deshalb sagen Sie mir endlich alles, nur dann kann ich vielleicht einen Ausweg finden.

Irene (leise zu Lilli).

Lilli Du schweigst. — Wehe Dir . . .

Lilli.

Nein, ich schweige nicht mehr. Deine Schlechtigkeit hat alles Maß überschritten. — Seien Sie mutig, Ernst, Sie erfahren jetzt — Ihre Mitschuld an Irenens Fehltritt.

Ernst.

Mitschuld? Reden Sie!

Lilli.

Ja, ohne daß Sie es wußten sind Sie ihr Mitschuldiger geworden. — All Ihr Geld rührt vom Geliebten Irenens her. (Ernst wankt). Unter der Form der Erbschaft hat er ihr den ganzen Betrag geschenkt.

Ernst.

Ja .... und die Tante? —

Lilli.

War im Einverständnis. (Ernst stürzt auf Irene zu, Lilli hält ihn zurück). Um Gottes willen, Ernst! (Er sinkt in einen Sessel und weint). Fassung! Fassung!

Ernst (nach einer langen Pause).

Und das Alles ist unzweifelhaft?

Lilli.

Leider. Briefe Ihrer Tante an meine Mutter....

Ernst.

Und der Name?

Lilli.

Ich kenne nur den Taufnamen: Wilhelm.

Ernst.

Das nützt nicht viel!...

Lilli.

O daß Sie wüßten, was ich leide, wenn ich bedenke, daß ich es war ....

Ernst.

Ich glaube Ihnen, ich glaube Ihnen. — Doch bitte, verlassen Sie mich jetzt! Ich muß mit Irene allein sein.

Lilli.

Ja, Sie haben Recht, wir müssen uns trennen. Ich gehe für lange; ich habe heute morgen einen Contrakt für Rußland abgeschlossen. Adieu. Reichen Sie mir die Hand, scheiden wir ohne Groll.

Ernst (halb gerührt, halb apathisch).

In Freundschaft; leben Sie wohl, ich verzeihe

Ihnen alles; möge Ihre Zukunft glücklich sein, leben Sie wohl.

Lilli.

Adieu. (Sie will auf Irene zu; Ernst hält sie davon ab). Adieu.

Ernst.

Adieu!

(Lilli langsam ab).

4. Scene.

Ernst; Irene.

Ernst.

Elende, den Namen! (Irene weint). Alles was hier um uns ist, all jenes Geld und auch unser väterliches Erbteil, alles, alles, was wir besitzen, ich werde es ihm geben, es ihm ins Antlitz schleudern.

Irene.

So höre doch! Lasse Dich durch meine Thränen ...

Ernst.

Doch nicht etwa rühren! Du wirst jetzt sprechen, Du mußt! Du begreifst doch, daß wir ihm das Geld zurückgeben müssen. (Irene schweigt). Nun! (Irene verharrt im Schweigen). Oder auch das nicht, bist Du denn bis zum Tier hinabgesunken?

Irene.

Genug der Beschimpfung!

Ernst.

Ach! Auch das noch! — Trotz?!

Irene.

Nicht Trotz. Aber wenn wir all unser Geld fortschleudern, müssen wir ja in Armut schmachten. — Und bei Gott lieber sterben, als darben. Ich will das Leben genießen, will es mir so schön gestalten, als ich kann. — Nimmermehr geb' ich das Geld heraus.

Ernst (in höchstem Zorn).

Ist das Dein letztes Wort?

Irene (vor seiner drohenden Miene erschreckend, winselnd).

Du wirst mir doch nichts zu Leide thun?

Ernst (etwas beruhigt).

Ich wäre es im Stande; denn alle Bande, die uns verbunden, des Bluts und der Freundschaft, sie sind zerrissen. Alles, mein ganzes Sein, hast Du zerstört. Um die Achtung der Menschen hast Du mich gebracht, fast um die Achtung vor mir selbst. — Ich stand am Beginn einer glänzenden Laufbahn, ich hätte die schönsten Ziele erreichen können; Du hast alle meine Hoffnungen jäh abgeschnitten.

(Irene bricht in ein höhnisches Lachen aus).

Ernst (einen Augenblick starr, dann:)

O Gott, sie ist wahnsinnig!

Irene.

Nicht ich bin es, Du, der Du nicht einsiehst, wodurch Du emporkamst.

Ernst.

Wodurch ich ....

Irene.

Du glaubtest doch nicht etwa gar durch Deine

Tüchtigkeit? Kommt denn heutzutage dadurch jemand vorwärts?

Ernst.

Ich hätte meine Stellung nicht durch mich selbst?

Irene.

Nein. Nur mir hast Du Alles zu verdanken.

Ernst (von einem Gedanken erfaßt, sehr laut).

Der Name Deines Geliebten?!

Irene.

Minister Streewitz!

(Große Pause).

Irene (leicht lächelnd).

Nun, an wem ist es jetzt, das Haupt hoch zu tragen?

Ernst.

Doch nicht etwa an Dir?! Glaubst Du mir vielleicht einen Dienst damit erwiesen zu haben, daß Du mit Deiner Ehre meine Stellung erkauft hast? Ich werde sie von mir werfen, wie Alles, was von Deinem Verbrechen herrührt. Alles soll er wiedererhalten, und mit Wucherzinsen!

Irene.

Niemals. — Das Geld ist mein, und niemand kann es mir entreißen.

Ernst.

Wie?! — Ja, bis zu welchem Grade reicht denn eigentlich Deine Verkommenheit? — (Große Pause. Ernst seufzt). — Und doch, sieh her, Du bist noch jung, es ist für Dich noch Zeit zur Besserung. Laß' ab von der

Verirrung, gieb Dich der Reue hin. Reue ist halbe Sühne. Verlassen wir diese Stadt, Du wirst eine Arbeit ergreifen, ich will Dir getreulich zur Seite stehen und Dich nach Kräften unterstützen. Nach einiger Zeit ist dann die grellste Farbe Deines Makels verblaßt und allmählich wird man das Gewesene vergessen. Kehr' um, ich bitte Dich, kehr' um!

Irene.

Dazu ist es jetzt schon zu spät, jetzt geht es nicht mehr. Ich war von Natur aus nicht schlecht und wäre ich im Elternhause geblieben, alles wäre heute gut. Aber die Versuchung, die Gelegenheit . . . nun ist es zu spät.

Ernst.

Zum Guten ist es nie zu spät.

Irene.

Wie die Dinge jetzt liegen, wäre aber jede Aenderung schlecht. Es ist ein Irrtum, wenn jemand glaubt, befleckte Ehre ließe sich rein waschen. Wenn man sich darum bemüht, plagt und härmt man sich ab, ohne auch nur den geringsten Nutzen davon zu ziehen. Der Kluge versucht es deshalb garnicht, sondern trachtet bloß darnach, den Fleck zu verhüllen oder die Welt dagegen blind zu machen. Mein Geld wird mir zu letzterem verhelfen.

(Ernst schweigt, ist sprachlos).

Diener (anmeldend).

Herr Professor Herbeck und Herr Doktor Roeder fragen . . . . .

Irene.

Ich gehe (ab).

Ernst.

Wie? — Ja, so ..... einen Augenblick. — Ich lasse bitten ... die Herren mögen hier warten. (Diener ab). Alles um mich widert mich an, Alles, was mich an diesen unlautern Reichtum erinnert, empört mich ... Dieser Diener! — Irene fort? Ich muß mich etwas sammeln. — Ach! (ab).

5. Scene.

Nachdem die Scene einen Augenblick leer geblieben ist, treten ein:

Herbeck; Roeder.

Herbeck (im Eintreten).

Ja, es wird jetzt eine schwere Zeit für den armen Jungen kommen.

Roeder.

Ich bedaure ihn wirklich von ganzem Herzen.

Herbeck.

Man konnte schon gestern Abend nach seiner Erklärung sehen, welche Stellung die Gesellschaft in der Sache einnehmen wird. Alle Welt fand es überflüssig, daß Geran zu Bötzow sagte, er verzichte auf die Genugthuung, es wäre doch selbstverständlich, daß ihm Bötzow keine mehr geben könne. Es ist also klar, man wird ihn in den wenigsten seiner früheren Kreise aufnehmen und die oberen Zehntausend werden seinen Verkehr meiden. Ist das nun gerecht? Zeigt das nicht von einer Verdorbenheit der Ansichten unserer Gesellschaft, die zum Kampfe herausfordert. Oder eigentlich — der Radikalis=

mus ist für die Jugend — nicht zum Kampf, die öffentliche Meinung ist krank, ein Arzt ist also von Nöten, ein Arzt, der eine Reinigung der Gesellschaftsluft vor allem vornimmt.

Roeder.

Das ist praktisch kaum durchführbar. Wie soll die Gesellschaftsluft gereinigt werden? Reformen können nur von einzelnen ausgehen und die sind der großen Gesamtheit gegenüber meistens machtlos. Nehmen wir an, der geheime Rat X. findet den Doktor Geran noch vollkommen hoffähig und lädt ihn zu seiner Soiree ein. Bald wird er hören müssen, wie seine Kollegen — und schließlich hat jeder Mensch den Wunsch, auch Leute bei sich zu sehen, die über ihm stehen — wie auch diese beklagen, daß man bei X. gemischte Gesellschaft treffe. Es sei sogar auch der Bruder der schönen Irene dagewesen. Da wird er sich schließlich sagen, ja ich schätze den Doktor Geran sehr, aber enfin die ganze übrige Gesellschaft wiegt er mir doch nicht auf — und wird ihn das nächste Mal nicht mehr laden. Ja, sehen Sie: Nicht nur wer Pech angreift, besudelt sich, sondern auch, wer etwas berührt, das obwohl garnicht Pech, doch als solches bezeichnet wird, auch der wird für beschmutzt betrachtet.

Herbeck.

Ja so ist es. Diese verwerfliche Oberflächlichkeit ist in unserer Gesellschaft vorhanden. Die Consequenzen zu ziehen, dabei ist sie stets unverzüglich, aber das, woraus sie gezogen wurden, auf seine Wahrheit oder Existenzberechtigung zu prüfen, darum kümmern sich diese eilfertigen Logiker nicht. — Sie sagen, eine Sanierung der

Gesellschaft sei praktisch kaum durchführbar. Das ist ja der übliche Vorwurf, der uns Liberalen gemacht wird, unser ganzes Wirken sei negativ. Aber muß nicht jedes Uebel zuerst beleuchtet werden, bevor man an die Heilung gehen kann. Und Anregung ist doch nebstdem immerhin auch etwas. Was aber die Gesellschaft anlangt, so wäre ich um ein Heilmittel nicht verlegen. Es herrscht jetzt unter den Menschen ein Kastengeist, ärger, als im alten Aegypten. Wie es damals vier Kasten gab, giebt es jetzt deren eine weit größere Anzahl. Und worauf basiert diese Kasteneinteilung? Auf Aeußerlichkeiten. Ich lasse aber nur eine solche gelten, die auf Geist und Charakter, nicht auf Namen und Vermögen beruht, und auch diese nicht in schroffen Formen.

Roeder.

Was heißt all' das in die Praxis übertragen? — Eine völlige Durchdringung ist unmöglich. Gleichheit .....

Herbeck.

Alle anderen Schranken müssen fallen und nur rein auf Vernunft basierende, solche, die nicht nur durch ihr bloßes Bestehen gerechtfertigt werden, die mögen bleiben. Dann wird die Vermischung das richtige Maß erhalten. Und das ist auch praktisch möglich. Von höchster Seite soll die Initiative gegeben werden, und von da ab soll immer die höhere Kaste der nachfolgenden das Beispiel geben.

Roeder.

Es müßte also aus der Logik der Gesellschaft der Fundamentsatz: Es giebt verschiedene Klassen von Menschen, gestrichen werden.

Herbeck.

O nein. Dieser Satz soll bestehen, nur muß die Gesellschaft aus ihm andere Folgerungen ziehen, als bisher. Ein neues System ihrer Folgerungen überhaupt muß in Kraft treten: Die Logik der Gesellschaft muß in der allgemeinen Vernunftslogik aufgehen, darf nicht mehr ihre eigenen Normen haben. Von dem Augenblick an wird sich die Form dem Geist anpassen — heute ist es umgekehrt — und dann ist der Weg zum Besseren eröffnet.

Roeder.

Ich muß immer wieder fragen: Und ins Praktische übersetzt?! Nun schließlich es giebt in jeder Sprache Worte, die sich nicht übersetzen lassen, die meisten leider in der der liberalen Parlamentarier. — Verzeihen Sie! (Kleine Pause) Ernst läßt lange auf sich warten.

Herbeck.

Ach der Arme! Er wird uns wohl ruhig entgegentreten wollen und die Sammlung wird ihm schwer fallen. — Was er wohl zu thun gedenkt? —

Roeder.

Vor allem wird es sich darum handeln, wer derjenige war, und unter welchen Umständen ..... (Er tritt an den Schreibtisch und sieht den Brief vom Ministerium ganz offen liegen; er wirft einen Blick auf ihn und nimmt ihn dann zur Hand). Was ich sehe, er hat um seine Entlassung gebeten.

Herbeck.

Ah schon! Das war klug; so hat er sie wenigstens vor seinem Chef verlangt.

Roeder.

So hat Streewitz ....?

Herbeck.

Die heutige Kammersitzung wird ihn wohl dazu zwingen. Sie war äußerst stürmisch und alle Stürme waren gegen ihn.

Roeder.

Und ....? — Ah Ernst kommt.

Herbeck.

Endlich!

6. Scene.

Ernst zu den Vorigen.

(Ernst schüttelt beiden innig die Hand).

Roeder (leise zu Herbeck).

Wie bleich er aussieht!

Ernst.

Ich danke Ihnen; seien Sie versichert, es ist ein großer Trost für mich, daß meine Gönner und Freunde mich in diesen schwersten Stunden nicht verlassen.

Herbeck.

Ich hoffe, Sie haben es nicht anders erwartet.

Ernst.

O Gott! — Roeder, verzeihe mir, daß ich gestern in Deine Soiree einen so üblen Abschluß gebracht.

Roeder.

Aber Ernst! ... Ja leider ... es war eine höchst unliebsame Scene, Du thatest Unrecht, sie zu provocieren.

Ernst.

Begreifst Du denn nicht . . .

Roeder.

Gleichviel. Derartige Dinge sind geringfügiger, je weniger davon wissen. Jetzt wird sich die Sache herumsprechen, jeder wird etwas hinzusetzen, Vermutungen aussprechen . . .

Ernst.

Es ist mir jetzt alles gleich.

Herbeck.

Es nutzt ja auch nicht viel, über unabänderlich Vergangenes zu discutiren. Die Hauptsache ist jetzt, zu erwägen, was für die Zukunft zu thun ist.

Ernst.

Nichts, nichts!

Herbeck.

Verzweifeln Sie nicht! — Haben Sie Ihre Schwester gesprochen? (Ernst seufzt) Was sagt sie? (Ernst schweigt).

Roeder.

Nun?

Ernst (in höchstem Schmerz).

Ob ich meine Schwester gesprochen habe? Was sie sagt? O hätte ich es nie gehört! ihre Erklärungen sind himmelschreiend. Das, was ich gestern erfahren habe, ist nur der geringste Teil meines Unglücks. Ich vernahm, daß meine Schwester geliebt, aber man hatte mir nicht gesagt, daß sie für ihre Liebe bezahlt worden; man hatte mir nicht gesagt, daß die ganze Erbschaft nur eine List war, durch welche sie die Summen, die ihr der Geliebte geschenkt, bei mir einschmuggeln konnte. Ich habe auch von dem Gelde gelebt und bin also ihr Mitschuldiger. — Mitschuldiger, o Gott!

Herbeck.

Sie wußten doch von nichts. Und dann . . .

Ernst.

Nichts kann mich trösten.

Herbeck.

Das Bewußtsein ihrer Tüchtigkeit . . .

Ernst (wild lachend).

Hahaha, auch meine Karriere ist ja ihr Werk.

Herbeck.

Ihre Karriere?

Roeder.

Wie wäre es . . .?

Ernst.

Mit einem Worte: Graf Streewitz ist der Geliebte Irenens.

Roeder.

Was sagen Sie — Graf Streewitz, sind Sie dessen sicher? — O es ist nicht möglich.

Ernst.

Es ist nur zu klar.

Herbeck.

Armer Freund!

Roeder.

Also wirklich Graf Streewitz! Wenn ich bedenke, daß er jetzt auch meinen Frieden . . . . Wie oft des einen Unglück, des anderen Glück bedingt. Du bist mir doch nicht böse, wenn ich meiner Frau . . .

Ernst.

Sage ihr, was Du willst, erzähle alles, wem Du willst, mich berührt nichts mehr.

Herbeck.

Roeder, behalten Sie für sich, was Sie gehört, ich bitte Sie darum. Wenn Ihre Frau davon erfährt, würde alles bekannt.

Ernst.

Das sei für Dich kein Hindernis. Man kann dem keinen Schaden zufügen, der nichts zu verlieren hat.

Herbeck (leise zu Roeder).

Ich möchte mit Ernst allein sein; ich habe . . .

Roeder (leise zu Herbeck).

Ich gehe ohnedies. — Ich will vor der Hand noch schweigen, Sie haben Recht (laut zu Ernst). Lieber Ernst, ich verlasse Dich jetzt. Solltest Du meiner bedürfen, Du weißt, daß Du auf meine Freundschaft zählen kannst. Lebewohl und fasse Dich. Es giebt noch ärgere Dinge. Lebewohl.

7. Scene.

Herbeck; Ernst.

(Sie bleiben, nachdem Roeder sie verlassen, einige Augenblicke stumm gegenüber).

Herbeck.

Halten Sie es auch für klug, Ihr Unglück in die Welt hinauszuposaunen.

Ernst.

Ja, denn es thut mir wohl, der Ehre und Pflicht zu genügen.

Herbeck.

Ist es Pflicht, vor Jedermann sein Gebrechen zu enthüllen und es ihm zu zeigen?

(Ernst seufzt).

Herbeck.

Nein, keineswegs. Dazu sind wir nur denjenigen Leuten gegenüber verpflichtet, die einen Anspruch auf unser Vertrauen haben, die ein Recht haben, uns auf Ehre und Gewissen um völlige Wahrheit über uns zu fragen. — Wenn sich die Allgemeinheit das Recht anmaßt, nach Aeußerlichkeiten ihr Urteil über uns zu fällen, dann ist es sicherlich auch uns erlaubt, unsere Verhältnisse nur soweit offen darzulegen, als sie ohne tiefere Betrachtung richtig beurteilt werden können. Und da es also häufig im Leben und Handeln eines Ehrenmannes Dinge giebt, um deretwillen er, wenn die Welt von ihnen erfährt, verachtet wird, die er aber vor sich selbst und jedem ernsteren Beobachter vollkommen rechtfertigen kann, so können Sie getrost schweigen.

Ernst.

Und wenn ich auch schweige, kann ich denn die Thatsache hinwegleugnen? — Was ist zu thun? — Was ist zu thun?!

Herbeck.

Ja, was wollen Sie thun? Wollen Sie sich mit Streewitz schlagen?

Ernst.

Nein, ich kann es ja nicht, hat er doch meine Schwester bezahlt, fürstlich bezahlt — und sie verweigert die Herausgabe des Geldes.

Herbeck.

Versuchen Sie doch auf sie einzuwirken.

Ernst.

Ich habe alles versucht, vergebens, sie versteht mich nicht einmal mehr. — O ich will sie nicht mehr kennen, nicht mehr sehen. Ich werde dieses Haus verlassen, das ihre Sünde erbaut — und weit weg, weit weg ....

8. Scene.

Ein Diener öffnet die Eingangsthüre und Hilda tritt ein.

Hilda; Herbeck; Ernst.

Ernst (erstaunt).

.... Fräulein Hilda!

Herbeck (ebenso).

Du hier! Was ist .....?

Hilda.

Verzeihe Vater! (Zu Ernst): Lieber Ernst! (Sie drückt ihm innig die Hand, die er ihr zögernd reicht). Mich hielt es nicht länger, ich mußte Sie sehen, wiedersehen nach dem gestrigen Abend.

Ernst.

Sie sind zu gut, theures Fräulein; doch ich bitte

Sie, verlassen Sie dieses Haus! — Es weht hier ein Hauch, der Ihre reine Seele trüben könnte.

Hilda.

In Ihrem Hause? Nein, das ist unmöglich.

Ernst.

Ich beschwöre Sie, gehen Sie, ich ertrage es nicht, Sie hier zu sehen.

Hilda.

Aber lieber Ernst, wie sprechen Sie?

Herbeck.

Ich glaube, Du thust am besten, wenn Du seinen Rat befolgst. Du hättest nicht hierher kommen sollen, es war sehr Unrecht von Dir.

Hilda.

Weshalb nicht, da ich doch Dich hier wußte?

Ernst.

Begreifen Sie denn nicht, was zwischen gestern und heute liegt?

Herbeck.

Ernst, Sie haben mich mißverstanden, diese Bitterkeit verdiene ich nicht.

Ernst.

Diese Worte sollten keine Spitze gegen Sie haben, Herr Professor.

Hilda.

Was zwischen heut und gestern liegt? Für uns, für unsere Liebe nur ein Tag, ein Tag, wie jeder andere. Sind Sie seit gestern ein Anderer geworden? Nein, höchstens die Umstände, die Sie umgeben, und die können doch wahre Liebe nicht beeinträchtigen.

Ernst (ihre Hand pressend).

O Hilda, Hilda!

Hilda (indem sie ihn umarmen will).

Was könnte uns trennen?! —

(Irene tritt ein; Ernst macht sich von Hilda los).

Ernst (auf Irene weisend).

Sie können nicht die Schwägerin dieser werden.

9. Scene.

Irene; Ernst; Hilda; Herbeck.

Irene.

Hilda, mein Bruder will mich verstoßen, hilf mir, ich beschwöre Dich!

(Irene will auf Hilda zueilen; Ernst tritt dazwischen).

Ernst.

Herr Professor, ich bitte Sie, führen Sie Ihre Tochter aus der Nähe meiner Schwester.

Hilda.

Thu's nicht, Vater.

Ernst (zu Hilda).

Ich bitte Sie, gehen Sie. Jeder Augenblick, wo ich Sie meiner Schwester gegenüber sehe, berührt mich im höchsten Grade peinlich; die Blicke, die Sie wechseln, empfinde ich wie Nadelstiche. Gehen Sie!

Irene.

Hilda, bei unserer Freundschaft ....!

Herbeck.

Sie haben Recht, Ernst, wir müssen gehen. Leben Sie wohl, mein armer Freund!

Hilda (drückt Ernst warm die Hand).

Auf Wiedersehen! Seien Sie meiner Liebe auf ewig gewiß! (Herbeck und Hilda ab). (Ernst blickt ihnen nach; kurze Pause).

Ernst (bei Seite).

Sie gehen, und lassen mich mit ihr zurück. — Ich und Irene, wir gehören zusammen. (Er blickt sie an; einige stumme Augenblicke). Irene, gieb mir meinen guten Namen wieder!! ....

Der Vorhang fällt.

Fünfter Aufzug.

Im Hause Herbecks; Arbeitszimmer desselben; einfach doch geschmackvoll und gediegen.

1. Scene.

Herbeck; Hardy; Direktor Salingen und einige Parlamentarier.

(Vor jedem steht ein nahezu geleertes Glas Wein; auf einem Tischchen auf silberner Tasse einige Flaschen Wein).

Dir. Salingen.

So hätten wir es also erreicht, daß dem Führer unserer Partei die Kabinetsbildung übertragen worden. Nun wird manches wohl anders werden.

Hardy.

Hoch das Ministerium Herbeck!

Dir. Salingen und die Uebrigen.

Hoch, hoch, hoch!

Herbeck.

Ich danke Ihnen herzlich und hoffe, daß ich mit Ihrer Hülfe das liberale Programm werde verwirklichen können.

Einer der Parlamentarier.

Ja, unsere Devise ist jetzt geändert. Früher da hieß

es stets: „Zum Kampf!“; jetzt sind wir in der glücklichen Lage ausrufen zu können: „An's Werk!“

Ein anderer der Palamentarier.

An's Werk denn! Auf Wiedersehen am Regierungstisch!

Die Parlamentarier (mit Ausnahme Hardys u. Salingens)

Herr Minister . . . . (sie verabschieden sich).

Herbeck.

Meine Herren auf Wiedersehen!

(Die Parlamentarier mit Ausnahme von Hardy und Salingen ab)

2. Scene.

Herbeck; Hardy; Direktor Salingen.

Hardy.

Nun endlich wird ja wohl mit der Anschauung gebrochen werden, daß sich die sociale Frage von selbst lösen müsse.

Herbeck.

Mich erinnert die sociale Frage stets an den gordischen Knoten. Wenn die Regierung nun glaubt, dieser werde sich durch die Alles lockernde Zeit ganz von selbst lösen, so wird eines schönen Tages das Volk, als ein zweiter Alexander, denselben durchschlagen und alles wird in Stücke fallen. Und das Resultat: Statt einer günstigen Lösung für den Staat, die Auflösung desselben. Ich glaube nun aber, daß eine wahrhafte Lösung möglich ist und zwar auf diese Weise, daß man der Zeit zu Hülfe kommt. So wie die Zeit an irgend einer Stelle in den Knoten eine kleine Lockerung gebracht hat, da heißt es rasch auf diese los und sie erweitern. — So wird von Fall zu Fall ein günstiges Ergebnis erzielt werden, ohne daß Gewaltsamkeiten einzelne Stadien der Durchführung zu unheilbringenden gestalten.

Dir. Salingen.

So ist es. Und es ist ein wahres Glück, daß die schmählichen Manipulationen des Grafen Streewitz den Sturz des reaktionären Systems beschleunigt haben.

Hardy.

Ja. Doch Streewitz ist arg kompromittiert. Ich glaube kaum, daß er sich vor dem höchstem Forum von den Beschuldigungen wird reinigen können.

Dir. Salingen.

Der Schein ist jedenfalls bis nun gegen ihn, da er sich doch, sowie die Anklage gegen ihn erhoben war, aus dem Staube machte.

Hardy.

Es sind die sonderbarsten Gerüchte über ihn im Umlauf und ich kann nicht sagen, daß ich nicht an sie glaube. Man behauptet, daß der Dispositionsfonds für nicht staatsförderliche Zwecke ganz aufgebraucht gewesen sei und daß er ihn im letzten Momente erst wieder completiert hätte. Das Geld, um die fehlende Summe zu ersetzen, durch welche Manipulation er seinen Sturz verhindern zu können geglaubt, soll er von einer Frau erhalten haben. Sie wissen man nennt auch einen Namen; ich halte auch diesen für richtig.

Herbeck.

Schließlich sind das alles nur Vermutungen.

Dir. Salingen.

Die aber keineswegs unbegründet sind.

Hardy.

Auch Geran ist durch die ganze Sache übel mitgenommen. Man sagt, daß Streewitz derjenige gewesen sei, den Gerans Schwester geliebt und daß die ganze Erbschaft nur eine Form, in der er ihr seine Schenkungen zugewendet. — Auch die rasche Karriere von Irenens Bruder wäre dadurch erklärt.

Herbeck.

Nun und . . . . .!

Dir. Salingen.

Man hat mir sogar heute aus zuverlässigster Quelle mitgetheilt, daß Geran selbst all dies nicht in Abrede stellt.

Hardy.

Nun, wenn wirklich alle diese Gerüchte war wären dann stände es traurig um ihn, er wäre auf ewig ruiniert. Wer von Stand könnte ihn bei sich aufnehmen, wer ihm seine Tochter zur Frau geben.

Salingen.

Es wäre direct unmöglich.

Herbeck.

Wenn er deshalb ruiniert wäre, so schiene mir dies weit mehr traurig für uns, als für ihn, denn ich fände es um eine Gesellschaft sehr schlecht bestellt, aus der ein Mann, wie Geran wegen eines derartigen — ich kann nur sagen — Unglücks ausgestoßen würde.

Hardy.

Ich kann Ihnen da nicht ganz beistimmen, Excellenz.

Doktor Geran hat sich von vorne herein gegen die Gesellschaft aufgelehnt, als er seine Schwester in sein Junggesellenheim nahm — und dann ist er zum mindesten von einer gewissen Unachtsamkeit nicht freizusprechen; sonst hätte er alles früher merken müssen.

Dir. Salingen.

Ja; und außerdem ist es nun einmal so, daß der Teil unlöslich an das Ganze geknüpft ist. Was das einzelne Familienglied thut, wirft sein Licht auf die ganze Familie. Da es nun bei ehrenvollen Thaten gerade so der Fall ist, wie bei unehrenhaften, so kann man die Gesellschaft keineswegs ungerecht nennen, wenn sie Doktor Geran jetzt nicht mehr aufnehmen will. Es erbt sich eben in der Familie alles fort, nicht nur Vermögen und Ehre, sondern auch Schulden und Schande. Das erstere gerechtfertigt finden und das zweite nicht, wäre eine Inconsequenz. Stimmen Sie, Excellenz, also meiner Ansicht nicht bei, dann muß ich annehmen, daß sie für die Aufhebung des Erbrechts sind. — Und das kann ich denn doch nicht glauben.

Hardy.

Oder vielleicht doch?

Herbeck (mühsam scherzend).

Nein, das nicht.

Dir. Salingen (sich erhebend).

Nun dann können wir ja beruhigt sein. Excellenz ....

Hardy (ebenfalls).

Herr Minister .....

Herbeck (ihnen die Hand reichend).

Herr Direktor ..... Herr Hardy ...... Auf Wiedersehen!

3. Scene.

Herbeck allein; dann Hilda.

(Nachdem Herbeck die Herren bis zur Thüre geleitet, geht er auf seinen Schreibtisch zu; er setzt sich vor diesem nieder. Man sieht an seinen Mienen und Bewegungen, daß die letzten Ausführungen Salingens und Hardys einen höchst unangenehmen Eindruck auf ihn gemacht haben. Er nimmt nach einigen stummen Augenblicken einen Brief unter dem Briefbeschwerer hervor).

Herbeck (allein, den Brief lesend).

Armer Ernst! Er giebt mir mein Wort zurück. Und wie er schreibt (lesend). „Die Revolte eines Einzelnen gegen ein Urteil der Gesellschaft ist nicht gestattet, insbesondere dem Verurteilten selbst nicht“ ..... „Wenn geistig-große und edle Menschen mir jetzt ebenso entgegenkommen, wie vorher, so ist es an mir, mich zurückzuziehen, um ihr Schicksal nicht an das eines Sinkenden zu ketten“ .... Armer Junge! — Was ist zu thun?

(Hilda steckt den Kopf bei der Thüre herein).

Hilda.

Ah, schon allein! (sie tritt ein). Sind die Herren schon lange fort?

Herbeck.

Nein, sie sind eben weggegangen. — Hier lies, er ist vorhin angekommen. (Er giebt ihr Ernsts Brief).

Hilda (nachdem sie gelesen).

Das habe ich befürchtet. — Du hast ihm doch schon geantwortet, Vater, daß Du ihm Dein Wort keineswegs zurückgiebst und ihn noch heute bei uns zu sehen hoffst.

Herbeck (nachdenklich).

Ich habe noch garnichts geantwortet.

Hilda.

Weshalb? — Du bist doch bezüglich des Inhalts Deiner Antwort nicht schwankend?

Herbeck.

Nein, nein .... und doch, vielleicht. Es ist noch manches zu erwägen, man muß bedenken .... Wenn Du gehört hättest, wie Direktor Salingen und Herr Hardy eben über die ganze Affaire gesprochen. — Ich bin jetzt exponiert .... es muß alles genau in Betracht gezogen werden.

Hilda.

Vater, bist Du es, wirklich Du, der Du so sprichst?

Herbeck.

Mein liebes Kind, Deine Vorwürfe sind sehr ungerecht. Ich kann Dir nicht alles genau darlegen, was seit jenem Abend durch Irene über Ernst hereingebrochen, aber ich kann Dir versichern, daß sehr viel dadurch geändert ist.

Hilda.

Aber Ernst ist doch derselbe geblieben, derselbe gute, edle, rechtschaffene Mensch. — Und diesen habe ich doch nur geliebt, nur seine Eigenschaften nicht die Umstände die ihn umgaben, — und die Liebe zu diesem war es ja auch, die Du gebilligt. — Ja, so war es, denn ich hatte doch auch die Wahl unter Männern in größeren Stellungen — und trotzdem wählte ich Ernst und Du stimmtest zu. — Weßhalb schwankst Du also jetzt?

Herbeck.

Ernst hat sein ganzes Vermögen verloren; auch wir sind nicht reich, und die Tochter eines Ministers muß ein standesgemäßes Leben führen.

Hilda.

Vater, warum bemühst Du Dich, mich zu täuschen? Glaubst Du, ich kenne Deinen edlen Charakter nicht genug, um zu wissen, daß es Dir nicht die Wahrheit ist, wenn Du solche Worte aussprichst. — Nein, Vater, für so thöricht darfst Du Deine Hilda doch nicht halten.

(Pause, Herbeck scheint einen Entschluß fassen zu wollen.)

Herbeck.

Du hast Recht. — Ich führte Scheingründe ins Gefecht, aber sieh' es fällt mir schwer, Dir die wahren auseinander zn setzen. Allein, ich will es dennoch thun. Du weißt wie die Dinge liegen. Ernst ist vor der Welt durch seine Schwester kompromittiert. Nun bin ich keineswegs derjenige, der in diese grundlose Verachtung mit einstimmt, ich werde sogar dieser ebenso falschen, als niedrigen Auffassung energisch entgegentreten. Ich werde ihn in meinem Haus als lieben Freund aufnehmen, werde ihm in meiner Abteilung eine der früheren gleiche Stellung geben und es mit Gleichmut ertragen, wenn irgend ein hoher Herr mit starren gesellschaftlichen Ansichten, mir deshalb seine Gunst entzieht, oder wenn mir dieses Vorgehen unliebsame Angriffe und Erörterungen einträgt; kurzum ich werde mich seiner in jeder Weise annehmen, — aber Du verlangst zu viel von mir, wenn Du sagst, ich müsse ihn zu meinem Schwiegersohne machen.

Hilda.

Aber Vater, Du hast ihm doch früher meine Hand zugesagt, und wenn er auch jetzt die Achtung der Welt verloren hat, so sagst Du doch selbst, daß die Welt im Unrecht ist, weshalb also ....?

Herbeck.

Sieh' her, ich habe mich mein ganzes Leben lang bemüht, mich von jedem Makel rein zu halten; ich habe auf viele schöne Stunden verzichtet; jegliches Glück, dessen Genuß nur der Opportunismus gebilligt hätte, ungenossen gelassen — all das habe ich entbehrt. — Weshalb? Um einst meinem Kinde einen guten Namen hinterlassen zu können. Und wenn ich heute stürbe, so hätte ich es erreicht. Es ist ein guter Name, den Du trägst, und nun ....

Hilda.

Und ist der Name von Ernst ....?

Herbeck.

Er ist im Grunde ebenso rein, wie der Deinige, aber er wird nun einmal nicht mehr dafür gehalten. Und wenn Du Dich mit ihm verheiratest, so wird man Euch beide als eine Person auffassen und über Dich gerade so sprechen, wie über ihn. Wenn ich nun auch weiß, daß alle diese Reden im höchsten Grade ungerecht sind, glaubst Du, es wird mich deshalb nicht schmerzen, wenn ich werde hören müssen, wie man Dich als gesellschaftlich unmöglich bezeichnet, Dich, die ich so sehr liebe, mehr liebe als mich selbst.

Hilda.

Du könntest von mir verlangen, daß ich Ernst jetzt im Unglück verlassen solle! — das ist unmöglich.

Herbeck.

Du nennst es also Mangel an Mitgefühl, Untreue gegen meine Grundsätze, wenn ich Dir von dieser Heirat abrate. — O könnte sich Ernst nur von dem Verdacht reinigen, der auf ihm lastet, von dem Verdacht, er sei mitschuldig und habe um alles gewußt; o, könnte er sich vor der Welt nur von diesem befreien! — Aber das kann er ja nicht und das ist sein Elend. Und Dich müßte ich in dasselbe Unglück hineinstoßen, es wäre meine Pflicht, mein Kind der Ungerechtigkeit der Welt preiszugeben, wenn ich es verhindern kann? Nein, nein, nein. Es giebt Forderungen des Herzens, die nur *eine* Macht verstummen machen kann, das Gebot der Selbstachtung.

Hilda.

Und gebietet Dir denn nicht die Selbstachtung, Dein Wort zu halten? — Und dann, wenn ich Ernst heirate, falle ich ja nicht demselben Unglück anheim; im Gegenteil ich befreie ihn von dem seinen. Du bist jetzt Minister, wenn Du ihn protegierst, ihn zu Deinem Schwiegersohn machst, ist alles wieder gut; dann ist er vor der Welt wieder hergestellt, jeder wird es sich zur Ehre anrechnen, den Schwiegersohn des Ministers bei sich zu sehen. —

Wenn ich Ernst heirate, so rette ich ihn und sinke nicht mit ihm unter, wie Du sagst.

Herbeck.

Mein liebes Kind, Du siehst nicht weit. In der jetzigen Zeit ist es noch sehr fraglich, ob ein liberales Ministerium von Bestand ist. — Wenn ich in kurzer Zeit falle, dann würde Dir als Gattin Ernst's ein sehr trauriges Loos beschieden sein. Die nach mir kommen, werden sich beeilen, den Bruder Irenens seines Amtes zu entheben, und die Gesellschaft wird sich freuen, des Aufgedrungenen sich wieder entledigen zu können. Das werden unglückliche Tage für Dich sein.

Hilda.

Ich werde sie mit ihm allein verbringen und mich freuen, von der schlechten Welt abgeschlossen zu sein. Und in unserer Einsamkeit werden wir stets an ein Wort denken, das Du einmal in einer Deiner Reden ausgesprochen und dieses wird uns aufrecht erhalten.

Herbeck.

Und das hieß?

Hilda.

Das hieß: Es kommt sehr häufig vor, daß die Gesellschaft jemandem ihre Achtung verweigert, dessen Recht zur Selbstachtung sie trotzdem nicht bestreiten kann.

Herbeck (nach einer kurzen Pause).

Ja, Du hast Recht, Kind, das habe ich gesagt — und ich halte daran fest. Alles was Hardy und Salingen gesagt haben, läuft ja auf ein Sophisma hinaus und ich, ich war im Begriff, mich davon leiten zu lassen! — Das

Recht der Selbstachtung muß die Welt Ernst doch zuerkennen, trotz allem und allem, und das sollte mir nicht genügen?! Ja, ja, Du hast Recht, Kind, ich wollte Dich zu einer Schlechtigkeit verleiten, ich habe Dir zum Opportunismus geraten; verzeihe! — Fast schäme ich mich. Und doch, Du wirst mir vergeben: Das Gute fällt oft schwer und wenn es gilt die Kindesliebe zu besiegen, dann giebt es einen harten Kampf. — Ja, ja, Du hast Recht.

Hilda.

O Vater, wie soll ich Dir danken. Du ahnst nicht, wie gut Du bist, wie glücklich Du mich machst, wie ich Dich liebe!

(Kleine Pause).

Herbeck.

Du weißt jetzt, was Dich an Ernsts Seite erwartet, Es war meine Pflicht, Dir das Bild Deiner Zukunft zu entrollen, damit Du Dich in Nichts täuschst.

Diener (tritt ein).

Herr Doktor Roeder läßt bitten ...

Herbeck.

Führen Sie den Herrn in den Empfangsalon, er möchte einige Augenblicke warten. (Diener ab). Das Bild das ich Dir gezeigt habe, ist kein heiteres. — Wir Väter haben kein Recht, die Kinder unseren Ideen zu opfern — hast Du Lust und Mut zum Kampf, dann heirate Ernst; doch hältst Du Dich nur irgendwie nicht für stark genug. bist Du nicht ganz fest von Deiner Widerstandsfähigkeit gegen Widrigkeiten aller Art überzeugt, dann stehe lieber ab von dem Gedanken. — Es war wohl Unrecht von mir, ja eine verächtliche Schwäche, daß ich aus nur auf Aeußerlichkeiten basierenden Gründen, Dich von Deinem Vorhaben abhalten wollte, wohl aber giebt es innere, die die klare Vernunft, trotz allem, zu beachten erheischt. Glaube mir, wenn Du nicht Kraft genug in Dir fühlst, die Menschen hassen zu können, so wirst Du einst Deinem vielleicht weltverbitterten Gatten nicht viel Glück bereiten. Ihr werdet dann beide unglücklich sein, und die Wonne des Beginns Eurer Ehe wird in der bloßen Erinnerung eine geringe Entschädigung sein. — Das bedenke!

Hilda.

Seine Kraft wird die meinige sein, sein Haß nie meine Liebe. Ich glaube an Seelenharmonieen. —

Herbeck.

Nun gut. Hast Du so viel Vertrauen zu Dir, ich will daran nicht zweifeln. Möge die Natur einen guten Ausgang bewirken, ich gebe Dir meinen Segen voll und ganz. — Schreibe Ernst was Dein Herz Dir diktirt. — Und nun will ich zu Roeder. Warte hier ich komme gleich mit ihm wieder. (ab)

4. Scene.

Hilda, später Herbeck, Roeder.

(Hilda setzt sich an den Schreibtisch und nimmt ein Briefpapier, um an Ernst zu schreiben; dann bedenkt sie sich einige Augenblicke. Hierauf setzt sie die Feder an und beginnt, indem sie jedes Wort leise vor sich hergesagt: „Geliebter Ernst! Ihr Brief hat mich im höchsten Grade verletzt; Sie denken gering von mir . . .“ Man hört Geräusch. Sie bricht ab. Roeder und Herbeck treten ein).

Herbeck (im Eintreten zu Roeder.)

Was sagen Sie? Verhaftet?! (Roeder reicht Hilda die Hand zur Begrüßung).

Roeder.

Ja, verhaftet. Man hat in Irenens kleinen Landhause — erst jetzt erfuhr man, daß sie ein solches besitze — Streewitz kompromittierende Papiere vorgefunden, Briefe hochverräterischen Inhalts, die er wohl bei ihr am besten verborgen glaubte. Man nimmt an, daß in dieser Villa noch Geheimfächer mit anderen Schriften vorhanden sind, die sie blos nicht bekanntgeben will, um die Papiere dann anderweitig unterzubringen und hat aus diesem Grunde ihre Verhaftung verfügt.

Herbeck.

Von wem haben Sie die Nachricht?

Roeder.

Von ihrem Diener, der in der ersten Aufregung zu mir eilte, um mich um Hülfe zu bitten!

Herbeck.

Ja, wie erfuhr man denn, daß Irene zu Streewitz . . .

Roeder.

Ernst hat ja thörichterweise nirgends ein Hehl aus dem ganzen Umfang seines Unglückes gemacht.

Herbeck.

Wie ungeschickt!

Hilda.

Gräßlich! Die Arme! Du muß etwas für sie thun, Vater!

Herbeck.

Ja, das soll geschehen! — Ich kann vor der Hand nur einen einleitenden Schritt thun; erst später .... (Er geht zum Schreibtisch, wirft einige Worte auf ein Amtspapier, versieht es mit Siegel und Unterschrift und reicht es Hilda) Uebergieb dies meinem Sekretär. Er soll es sofort an die bezeichnete Adresse bringen.

Hilda.

Und wird sie das befreien?

Herbeck.

Jedenfalls wird es ihre Lage bessern, geh!

Hilda.

Sogleich! (ab)

5. Scene.

Herbeck, Roeder.

Herbeck.

Die ganze Sache entwickelt sich höchst ungünstig. — Daß Irene verhaftet werden mußte! — Man hätte ihre Aussagen auch auf anderem Wege erlangen können, und auch die bei ihr verborgenen Papiere. — An allem sind gewiß nur Sie schuld. Die Beziehungen, in denen Irene zu Streewitz stand, wurden sicherlich durch Sie bekannt. — Hätte doch Ernst vor Ihnen nicht gesprochen!

Roeder.

Er machte niemandem gegenüber ein Hehl daraus.

— Uebrigens habe ich keinem Menschen etwas von der ganzen Affaire erzählt, nur meiner Frau. Und was es für mich bedeutete, daß sie davon erfuhr, begreifen Sie doch! Ich wußte, daß damit ihre Liebe zu Streewitz ein Ende hätte.

Herbeck (verachtungsvoll).

Wodurch Sie wieder in Ruhe mit ihr weiter leben können. — Nicht wahr?

Roeder.

Gewiß. Weshalb auch nicht. Außer Ihnen und Ernst, denen ich im Momente der Aufregung alles verraten, habe ich niemand von dem Fehltritt meiner Frau etwas mitgeteilt. Wenn dennoch viel davon wissen — denn so etwas wird immer bekannt — so ist es doch für die Allgemeinheit keine feststehende Thatsache; trotzdem alle daran glauben, kann es niemand beschwören. Und das genügt. Es giebt gewisse Dinge, über die sich die Gesellschaft gerne hinwegsetzt, man darf es ihr nur nicht unmöglich machen. Man muß eben dafür Sorge tragen, daß, wenn selbst ein Geheimnis offenkundig ist, jeder, der davon spricht, noch immer die Form des Geheimnisses dabei wahrt.

Herbeck.

Sie werden also weiter an der Seite Ihrer Frau bleiben und nicht, weil Sie sie noch immer lieben und ihr verzeihen, sondern weil Sie schwelgen wollen und sie Ihnen das Geld hierzu giebt. Das ist gemein, das ist charakterlos.

Roeder.

Sie haben Recht. — Aber man muß eben den

Umständen gehorchen, der Zeitströmung Rechnung tragen — und die heutige duldet keine Charaktere. Wer durch seichtes Wasser fahren muß, darf sich kein Panzerschiff bauen. Und ist der Strom der Jetztzeit etwa nicht seicht? Gewiß! Auf welchem Teile, welchem Gebiete Sie ihn auch erproben werden, sie werden überall nur das Leichte auf der Oberfläche sehen.

Herbeck.

Auch der ganze Schmutz schwimmt auf der Oberfläche — und wird dann aufgespült, geben Sie Acht!

Diener (tritt ein, anmeldend).

Herr Doktor Geran.

Herbeck.

Ah, das ist gut. (Diener ab).

6. Scene.

Herbeck; Roeder; Ernst.

Herbeck (Ernst entgegeneilend).

Seien Sie mir gegrüßt! Sie sind sehr willkommen. Hilda ist eben damit beschäftigt, an Sie zu schreiben.

Ernst.

Ich bin nicht gekommen, mir die Antwort persönlich zu holen; ich erwartete ja keine. — Aber ein Ereignis, ein schreckliches Ereignis ist eingetreten, das führt mich hierher. Man hat Irene . . . . .

Herbeck.

Ich weiß bereits alles. Besorgen Sie nichts, sie wird noch heute wieder freigelassen werden.

Ernst.

Aber . . . . .

Herbeck.

Ich verbürge es Ihnen. — Wie man überhaupt darauf kam, diesen Schritt zu unternehmen ist mir ganz unerklärlich. Daß die Zeugenschaft Ihrer Schwester gefordert werden würde, habe ich ja vorausgesetzt, aber daß man sie in ihrer Freiheit bedrohen wird . . . . . hätte ich es geahnt, ich hätte es natürlich verhindert. Nun, wie die Dinge aber auch liegen, seien Sie unbesorgt, es wird ihr nichts geschehen.

Ernst.

Ich werde es Ihnen nie vergessen, daß Sie mir noch diesen letzten Dienst erwiesen, niemals.

Herbeck.

Letzten, wieso letzten? Ich hoffe, Ihnen noch oft nützlich sein zu können.

Ernst.

Mir kann hier kein Mensch mehr nützen, niemand mehr helfen. — Meine einzige Hoffnung setze ich nur nur noch auf mein eigenes Selbst, daß ich mit der Zeit den Mut finde, ein neues Leben zu beginnen, fern von hier, wo der Schauplatz meines früheren . . . . .

Roeder.

Du hast Recht. Du thust am besten in eine fremde Stadt zu ziehen, wo niemand Dich kennt, dort, wo Dich nichts an die Vorfälle der letzten Tage erinnert, kannst Du von neuem glücklich sein.

Herbeck.

Und glauben Sie denn, daß ich ihn gehen lassen werde?

Roeder.

Wie?

Ernst.

Herr Professor!

Herbeck (zu Ernst gewendet).

Glauben Sie, daß ich dem Werke, das ich in Gang zu setzen berufen bin, eine Kraft, wie die Ihrige werde entgehen lassen? — O keineswegs; ich werde Sie zu halten wissen. —

Ernst.

Sie wollten . . . . .

Herbeck.

Gewiß will ich. Solange ich Minister bin, sollen Sie nicht . . . .

Ernst (erstaunt).

Sie sind es bereits. Ah Excellenz, verzeihen Sie . . . ich hatte noch nicht davon gehört.

Herbeck.

Wie?! Seit heute morgen weiß es jedermann.

Ernst.

Verzeihen Sie, aber ich weiß ja garnichts, was um mich vorgeht. Ich bin nur mehr fähig eins zu denken, in das Eine, in mein Unglück, ist mein ganzes Wesen aufgegangen. — Ich ging heute morgen schon ganz früh vom Hause weg, ich konnte das Alleinsein nicht länger ertragen; im Freien, unter Menschen hoffte ich auf andere Gedanken zu kommen. Ich irrte lange wie ein Wahnsinniger in den Straßen umher, — plötzlich befand ich mich vor dem Hause meiner Schwester. Da mich das Schicksal ohne mein Wollen dahin getrieben hatte, trat ich ein. Fußfällig wollte ich sie beschwören, das Sündengeld herauszugeben und vom Laster abzulassen, dem sie sich nun völlig ergeben will. Ich traf sie nicht zu Hause, man sagte mir mit scheuem Blick, sie sei verhaftet worden. „Verhaftet?! Weshalb?“ — Man setzte mir die Gründe auseinander. — Meiner Sinne kaum mächtig eilte ich hierher, erst nach und nach gewann ich meine Fassung wieder. — Und jetzt, jetzt kann ich ja ganz ruhig sein, nicht wahr?

Herbeck.

Gewiß ganz ruhig. — Ernst, Sie sind erschreckend aufgeregt. Sie müssen sich schonen, Ihnen thut Pflege not, Sie brauchen einen Berater. Beides soll Ihnen werden. — Ah, wehren Sie nicht ab; für Sie muß gesorgt werden, — ich will sogleich Hilda rufen; warten Sie nur einen Augenblick! (rasch ab).

7. Scene.

Ernst; Roeder.

Ernst (bei Seite).

Hilda! o Gott, nein! (Er eilt zum Schreibtisch sucht hastig nach einem Stück Papier und ergreift, nachdem er dieses gefunden, eine Feder).

Roeder.

Was willst Du thun?

Ernst.

Du wirst es sehen. (Hastig schreibend). „Dank, Dank für alles. Leben Sie wohl auf ewig. Ihr unglücklicher Geran.“ So! (Er steht auf und will davon eilen).

Roeder.

Bist Du ein Narr?

Ernst.

Laß mich, laß mich! Wenn ich Hilda sähe, ich fürchte, ich könnte schwach werden.

Roeder.

Klug, klug könntest Du werden . . . . . und das wäre Dein Glück. — Wohin soll Dich denn Dein hoher Begriff von Ehre führen? (Ernst will fort, er hält ihn). So bleibe doch! Bei der heutigen Welt doch nur zum Selbstmord oder Wahnsinn! (Ernst macht sich los).

Ernst.

Gleichviel, gleichviel. Ich muß so handeln, wie ich handle, sonst bin ich ein Nichtswürdiger. — Ich sollte das geliebte Mädchen aus Egoismus in meinen Sumpf herabziehen? Nein, nein! (Er will ab).

Roeder (ihn entgegentredend).

Aber . . .

Ernst (ihn bei Seite schiebend).

Lebe wohl! (ab).

8. Scene.

Roeder allein; dann Herbeck; Hilda.

Roeder.

So . . . . . (nachdem Ernst bereits ab, ihm nachrufend).

Umsonst! — Er hoffte noch auf die Tochter? Schwärmer! — Oder sollte Herbeck doch .... nein, unmöglich, unmöglich!

(Herbeck und Hilda treten ein).

Hilda.

Wo ist er?

Herbeck (erstaunt).

Fort?!

Roeder.

Soeben; ich konnte ihn nicht halten. — Sehen Sie ... (auf den Zettel weisend) dort.

Herbeck.

Ah! Roeder Sie müssen ihn noch einholen.

Roeder.

Ich wills versuchen. — Sogleich .... o ich treffe ihn noch. (ab).

9. Scene.

Herbeck; Hilda; dann Roeder; Ernst; zum Schluß ein Diener.

Hilda (den Zettel lesend).

„Dank, Dank für alles. Leben Sie wohl auf ewig. Ihr unglücklicher Geran.“ (Sie weint).

Herbeck.

Es wird ja noch alles gut. — So weine doch nicht! (Pause) Wo sie nur so lange bleiben?

Hilda.

Und wenn er ihn nun nicht mehr getroffen hätte?! Vater!

Herbeck.

Ah! — Sie kommen. (Gleich darauf tritt Roeder mit Ernst ein; letzterer widerstrebend).

Herbeck.

Ernst, was sollte das sein?

Ernst.

O daß Sie mich zurückgerufen! — Bleiben kann ich ja doch nicht, und warum wollen Sie mir den Abschied gar so schwer machen?

Hilda.

Abschied? — Nimmermehr, ich gebe Ihnen Ihr Wort nicht zurück.

Ernst.

O wie wenig kennen Sie das Leben, wenn Sie jetzt noch hoffen. Es war ein schöner Traum, nichts mehr ... O Sie kennen die Wirklichkeit nicht!

Hilda.

Mein Vater kennt das Leben tiefer und hat meinen Glauben nicht zerstört. Mein Vater weiß, daß ich Sie liebe und freut sich darüber.

Ernst.

Hilda! —

Roeder (erstaunt).

Wärs möglich, Excellenz?

Herbeck (bei Seite).

Ich kann nicht mehr zurück — und wills auch nicht. (laut) Ernst sträuben Sie sich nicht länger gegen Ihr Glück, gegen das unserige. — Nach allem, was vorgefallen ist, sind Sie in meiner Achtung nur gestiegen;

Ihr schöner Charakter hat sich im höchsten Maße bewährt! ich kann meiner Tochter keinen wackerern Gatten wünschen.

Ernst (unschlüssig).

Excellenz!

Herbeck.

Umarmen Sie Ihre Braut. (Ernst zögert, Herbeck gerührt). Laß mich Dein Vater sein!

(Ernst macht einen Schritt auf Hilda zu, sie geht ihm entgegen. Vom Augenblick übermannt umarmt er sie).

Ernst (indem er Hilda umschlungen hält).

Hilda, theure Hilda! (einige stumme Augenblicke; plötzlich reißt er sich von ihr los). Und doch nein, nein! Ich kann es ja nicht thun, ich darfs ja nicht.

(Herbeck geht auf Ernst zu und ergreift seine Hand).

Herbeck (innig).

Geben Sie den Widerstand auf und seien Sie der unserige. Glauben Sie mir, es ist kein Opfer, das ich Ihnen bringe, wenn ich Hilda's Hand in die Ihre lege. Wir drei sind einig, das genügt. Es wäre niedrig, wenn wir uns in unseren Entschließungen jetzt von der Kleinlichkeit der Gesellschaft abbringen ließen. Schlagen Sie ein, und vereint wollen wir wirken für ein vorurteilsfreies Denken.

Hilda (liebevoll).

Ernst!

Ernst.

Meine Kraft ist erschöpft; ich kann nicht länger widerstehen. Komme, was da will, nenne man mich schwach, ich bin es, ich kann nicht mehr (er geht auf Hilda zu, diese umarmt ihn).

Herbeck.

Bravo, endlich ein vernünftiges Wort!

Ernst (zu Hilda, die er in seinen Armen hält).

Ach Hilda, daß Du nun wirklich wieder mein bist, daß Du es auf ewig werden sollst!

Hilda.

Ich bin jetzt so glücklich, daß ich mich fast fürchte. — (Herbeck und Roeder stehen etwas abseits und betrachteten Ernst und Hilda).

Herbeck (zu Roeder).

Sehen Sie Roeder, das ist ein Charakter, das ist ein Mann, der sein Glück verdient.

Roeder.

Ich gönne es Ernst von ganzem Herzen. — Aber schließlich erreicht hat er es erst in dem Augenblicke, wo er seinen Charakter vergaß und schwach wurde. Glauben Sie mir, was man auch immer dagegen sagen möge, der größte Teil unseres Glückes beruht auf den Concessionen, die der Charakter an die Umstände macht. Meinen Charakter haben diese Concessionen beinahe aufgebraucht, ich kann also noch auf viel Glück hoffen.

(Ein Diener tritt mit bestürzter Miene ein).

Diener (leise zu Herbeck).

Excellenz, etwas Entsetzliches!

Herbeck.

Was ist denn? Leise!

Diener.

Fräulein Geran ist . . . hat sich . . .

Herbeck (zusammenfahrend).

Still!

Hilda; Ernst.

Was ist?

Herbeck (stockend).

Eine wichtige Mitteilung ... amtlich ... ich kann vor der Hand noch nicht ... Geht hinüber, ich ... ich komme gleich nach.

Hilda.

Komm Ernst! (besorgt). Was es nur sein mag?

Ernst.

Wenns nur nichts Schlimmes ist!

(Beide ab).

10. Scene.

Herbeck; Roeder; Diener nur zu Beginn der Scene.

(Kaum daß Ernst und Hilda fort sind, wendet sich Herbeck zum Diener).

Herbeck (rasch).

Also jetzt sprechen Sie, was ist geschehen?

Diener.

Hier Excellenz, der Herr Sekretär hat mich gebeten, dies zu übergeben. — Seien Sie aufs Aergste gefaßt, Excellenz! (Er übergiebt ein Papier).

Herbeck (das Couvert öffnend).

O Gott, was mag nur sein? (lesend) Entsetzlich, schrecklich!

Roeder.

Was ist?

Herbeck.

Todt! — Irene todt!

Roeder.

Himmel. — (Zum Diener). Lassen Sie uns allein. — Um Gottes willen, wie?!

Herbeck.

Hier lesen Sie selbst. — Mein Befehl kam zu spät. — Hier die Motive ihrer That von ihrer eigenen Hand.

Roeder (lesend).

„Mir graute vor dem einsamen Leben im Gefängnis, ich wollte mich daraus befreien. Verzeiht, verzeiht!“ — Entsetzlich!

Herbeck.

Armer Ernst!

Roeder (ergriffen).

Daß Irene so enden mußte! Hätten wir nur früher von ihrer Verhaftung erfahren, nichts wäre geschehen. — Ach, unser ganzes Leben hängt doch nur von Zufälligkeiten ab! (Große Pause).

Herbeck (bedeutungsvoll).

Nicht so ganz. Glauben Sie mir, früher oder später mußte Irene auf traurige Weise enden. Ich erkenne darin nur wieder einen neuen Beweis, zu welch düsterem Ziele es führt, wenn man seine Selbstachtung preisgiebt. Gestalten sich dann einmal die Geschicke ungünstig, und, will man angeekelt von aller Außenwelt in sein Inneres flüchten, man kann es nicht, man hat es sich ja selbst verpestet. — Wo ist ein Ausweg? — Irene Geran! — Lassen Sie sich diesen schmerzlichen Fall zur Ermahnung dienen, Roeder, und erkennen Sie: Der natürliche Gang der Ereignisse bringt andere Schlüsse als die Logik der Gesellschaft.

(Roeder blickt ernst vor sich hin).

Der Vorhang fällt.

Schluß.